• 衛斯理小說典藏版 51 •

連鎖

衛斯理
親自演繹衛斯理

新之又新的序言，最新的

衛斯理小說從第一次出版至今，歷時已近半世紀，總共出了多少正版，還能計得清，若是連盜版一起算，那就算找外星人來算，也算勿清楚哉！不知能不能也算世界紀錄。

算得清好，算勿清也好，能幾十年來不斷出新版，說明不斷有讀者加入，對作者來說，沒有更值得高興的事了，謝謝所有喜歡衛斯理的人，謝謝謝謝。

二〇二〇年六月四日 香港

幾句話

寫了四十多年小説，論者將拙作分為三個時期：早、中、晚。在明窗出版的一批，屬於早期和中期的上半。三個時期的創作風格有相當程度的不同，所以風評不一。本人並無偏愛，但讀友對早期的作品，頗有好評，大抵是由於在早、中期作品之中，主要人物精力充沛，活力無窮，所以使故事曲折多變，小説也就格外吸引。明窗出版社此次重新出版這批作品，正好讓大家來證明這一點。

四十餘年來，新舊讀友不絕，若因此而能有新讀友，不亦快哉！

二〇〇五年十一月六日

序言

「連鎖」這個故事由於小說架構龐大，所以寫得相當長，這次重新整理，也就分成了上下冊，上冊用原名，下冊訂名為「願望猴神」。

在曲折離奇的故事之中，重要的自然是第八部「來自印度的古老故事」，借一個老人之口，敘述了一個人想得到快樂而結果失望的故事。結論是「世上根本沒有快樂的人」。

世上自然有快樂的人，但也只是在某一個時間中快樂，在某一件事上快樂，不可能永遠快樂，快樂只是一生中的一剎那，不可能是一生的全部。

想想也有道理，要是人的一生中，滿是快樂，那豈非等於一點快樂都沒有？

許許多多無關的人，無關的事，聯結了起來，成為連鎖，而每一個人又有一個內心深處的化身，《連鎖》的故事，情節變化之多，衛斯理故事中，堪稱第一。

衛斯理（倪匡）

一九八六年十二月十三日 香港

目錄

第一部：職業殺手、小商人和神秘謀殺……7
第二部：純白色眼鏡猴和打不開的房門……27
第三部：窗後的一堵墻和看到了自己……49
第四部：行為怪異的印度人和靈異象徵……75
第五部：我拼湊的故事和「猴子爪」的傳說……97
第六部：失意歌星、她的經理人和可怕的叫聲……117
第七部：書房中的哭聲和陌生人的電話……139
第八部：來自印度的古老故事……163
第九部：雲子尋找職業殺手的經過……193
第十部：特製手槍殺人又自殺……217
第十一部：第一流職業殺手之死和秘密……239

第一部

職業殺手、小商人和神秘謀殺

遠程來福槍上附設作為瞄準用的望遠鏡，通常的有效度是乘十，也就是說，可以將距離拉近十倍。望遠鏡的目鏡上，有很細的線，交叉成為一個「十」字，只要使射擊的目標固定在「十」字的中心部分，扳動槍機，子彈呼嘯而去，就可以射中目標。

當然，並不是說，這種遠程來福槍在任何人的手中，都可以依據同樣的程序射中目標，還得看握槍的人，手是不是夠穩定，要是在扳動槍機的一剎那間，手稍為震動了一下，那麼即使是極為輕微的震動，也足以使子彈射不中目標。

根據最簡單的數學計算，如果目標在三百公尺之外，槍口只要移動一公厘，子彈就會在距離目標三公尺處掠過。

絕對穩定的雙手，是一個遠程射手所不可缺少的條件。

鐵輪就有這樣一雙絕對穩定的手。

鐵輪以一種十分舒服的姿勢坐在寬大柔軟的沙發上，面對着掛着厚厚的絲絨帷簾的大窗，房間裏的燈光相當暗，在他身邊，是一杯散溢着芳香的陳年白蘭地，在酒杯旁邊，是一枝已經裝嵌好了的遠射程來福槍。

鐵輪將那枝可以拆成許多部分的，製作極其精美的來福槍，自盒子中取出，裝好之後，連鐵輪自己，都不知道他已經在沙發上坐了有多久。他一坐下來就是這個姿勢，而且一直保持着。

他坐着，將雙手的手指伸直，掌心向着自己，凝視着手掌和手指。雙手像是完全沒有生命的石刻，一動不動，甚至給人以這雙手的裏面，沒有血液在流動的感覺。

鐵輪一直伸着雙手，直到他對自己穩定的手感到滿意，才慢慢屈起手指，將身邊的遠程來福槍抓在手裏，槍口上早已套上了滅音器，使得子彈射出時所發出的聲音，不會超過拔開酒瓶上的軟木塞。

他用槍口輕輕挑開了帷簾，帷簾後的大玻璃窗子上，早已有一個可供槍口伸出去的圓孔，那是鐵輪一進入這間房間之後就弄成的。

這是一家大酒店中最豪華的房間之一，在十二樓。槍口伸出去，望遠鏡的鏡頭，貼在玻璃上，鐵輪略俯身向前，將眼睛湊在望遠鏡的目鏡上。

通過望遠鏡，他可以看到對面的那幢大廈，那是一幢十分新型的大廈，這種新型的大廈，即使在迅速發展中的日本東京最繁盛地區，也並不多見。大廈的外部結構，全是玻璃，連走廊的外牆，也是玻璃，可以由外面看到匆促來往的人。

鐵輪慢慢移動着槍枝，將目標固定在對面那幢大廈十一樓的走廊上，使望遠鏡中的「十」子，對準了一個穿着鮮紅上衣少女的飽滿胸脯，然後，跟着這個少女向前走，一直到這個少女在走廊的彎角處消失。

在這幾十秒中，鐵輪的手指，一直緊扣在槍機上，他知道，只要自己的手指向下一壓，那個穿紅衣服少女的生命，立刻就會消失。這種感覺，常常使鐵輪感到極度興奮，誰是生命的主宰？不是上帝，也不是閻王，是他！鐵輪，可以使任何人在一剎那間死亡，是他！這個從不失手的職業殺手！

鐵輪並沒有再移動，他雙手把持得極穩，從望遠鏡中看出去，「十」字的交叉，停留在走廊的轉彎處，那地方的牆上留下了一個不為人注意的高度記號，離地一百六十四公分。他要射殺的目標，身高一百六十八公分，也就是説，當目標轉出走廊，鐵輪扳動槍機，子彈就會射進目標的眉心，一槍致命，絕不落空。

目標的行動，鐵輪也早已調查得很清楚，中午一時，目標會離開他的辦公室外出，一定會轉出走廊，進入他的射程範圍之內。

一時零七分，鐵輪看到了他的目標，轉過走廊的彎角，進入了望遠鏡中「十」字的中心，他扳下了槍機。

鐵輪的身子立時向後一仰，用極其迅速的手法，將來福槍拆成七個部分，放進了那隻精緻的箱子中，然後合上箱蓋，取起身邊的那杯酒來，一飲而盡，提着箱子，走出了房間。

他甚至不必花半秒鐘去看一看他射擊的目標是不是已經倒地，那不必要的，二加二一定等於四，鐵輪射出了一槍，目標一定倒地，事情就是那麼簡單。

從升降機出來，穿過酒店的大堂，和幾個向他行禮的酒店員工點了點頭，走出酒店的大門，置身於街上熙來攘往的人叢之中，他感到無比的輕鬆，那幢在陽光的照耀下，發出奪目光彩的大廈十一樓走廊轉角處，有一個人死了，他和這個死人之間，不會發生任何的聯繫，不會有任何人想到他和那個死人之間有關係，唯一知道事情真相的，只是那顆射進了死人體內的子彈，但子彈不會說話。

板垣一郎在走出辦公室的時候，心情並不愉快。

他是一家中等規模企業公司的董事長，完全獨資，每年的盈利，通常在兩百萬美金左右，所以他的生活享受一流。身上的西裝，是紫貂毛和羊毛混紡品，裁剪的是東京一流的裁縫，穿在他身上，更襯得他氣宇軒昂，是成功的中年人的典型。

他有一個美麗的情婦，情婦的名字是雲子。雲子是一個知名度不太高的歌星，年齡恰好是他的一半。

板垣的不愉快，來自雲子。他們有一個秘密的約會地點，那地方幽靜而舒適，板垣和雲子約會的方式是：先取得電話的聯絡，然後在約定的時間中，先後到達。通常，板垣一定先到十分鐘或五分鐘。和所有成功人士一樣，板垣對於時間計算得極其精確，永不遲到。

板垣到了之後，雲子也來到，然後，那地方就是他們的小天地，大約在午夜左右，板垣和雲子就會一起離開。除非有因公出差的機會，板垣會帶雲子一起去，否則，板垣在午夜時分，一定會回家。

板垣的妻子貞弓，是關東一個有名望家族的女兒，板垣能夠在事業上有這樣的成就，依靠貞弓家族之處甚多，他和雲子之間的關係，絕對不能給妻子知道，這種隱秘的幽會方式，使板垣在繁忙的商業活動中摻進了一種異樣的刺激。

板垣和雲子的約會，一星期由一次到三次，當他們沒有約會的時候，那秘密地點空置着，只有他和雲子持有鑰匙。

昨天晚上，板垣恰好有事，在十一時左右，經過那個地點。他在車裏，抬頭向上一望，卻看到窗簾之後，有燈光透出來。

那地方有人！這使板垣又驚又疑，那地方不應該有人，因為他並沒有約雲子，雲子一個人不會到那地方去！但如果雲子另外有情人呢？那地方確然是極其理想的幽會地點！

板垣當時妒火中燒，幾乎想立時下車去查問究竟。可是當時，他的妻子恰好坐在他身邊，他無法這樣做，只好將怒火抑制在心裏，盡量不表露出來。不過當時他的臉色也已經很難看了，難看到了貞弓這樣問：「你是不是不舒服，臉色難看極了！」

板垣連忙掩飾：「稍有一點頭痛，或許剛才酒喝多了。」

回到家之後，趁貞弓不覺察，他打了一個電話。那幽會地點，為了不受騷擾，沒有電話，板垣打到雲子的住所去，如果雲子在家，那麼可能有小偷進了那幽會的地方。

可是雲子的住所電話響了又響，沒有人接聽。

板垣的心中更驚疑憤怒，但他沒有藉口可以外出，所以懷着一肚子悶氣睡了下來。那一晚，當然睡得一點也不好。

第二天一到了辦公室，他立即又撥雲子的電話，每隔半小時一次，一直到一時，還是沒有人接聽。

板垣決定利用中午休息的時間，親自到那幽會地點去查看一下究竟，他收拾了一下桌上的文件，因為心急要走，連公事包也不記得提，就匆匆離開了辦公室，在走廊上走着，走向走廊的轉角處。他的女秘書一發現他忘了帶公事包，立刻替他拿了追出來，一面追，一面叫道：「板垣先生！板垣先生！」

板垣轉過彎角，女秘書也追了上來。就在那一剎那間，女秘書看到了她幾乎不能相信自己眼睛的事。

「先是一下玻璃的破裂聲，」她事後在答覆刑事偵探員健一的詢問時，這樣回答：「接着，在向前走着的板垣先生忽然站定。我將公事包向他遞去，一面叫着他的名字，板垣先生轉過頭來，張開口，像是想對我說話，可是卻沒有發出聲音來，在他的眉心，有一股血湧出來，極濃稠，我從來也沒有看見過那麼濃稠的血，接着，他就倒了下來……」

健一被派為板垣案件專案小組的組長，繁冗的調查工作進行了一個星期，在這一個星期之中，健一加起來的睡眠時間，不到三十小時。他雙手托着頰，手肘支在辦公桌上，望着桌上的日曆，不禁苦笑。

他有一個好朋友快到日本來，一天之前，板垣案子忙得不可開交的時候，就和他通過電話。電話從印度孟買打來，時間是午夜，將他吵醒，健一自一醒過來，立時頭腦清醒。他拿起電話聽筒：「我是健一，請問是誰？什麼？印度孟買打來的國際線？好的，請快點接過來。」

打電話給健一的是什麼人呢？是我，衛斯理。

衛斯理是什麼樣的人，當然不必再詳細介紹了。但是，我為什麼會在孟買打電話給健一，卻必須好好說明一下。

首先，得介紹我和健一相識的經過，那是若干年前我在日本北海道旅行的事。

當時健一才從東京帝大畢業，還未曾開始工作，我們在滑雪時相識。後來，他參加了警察工作，我們一直維持通信，他來看過我兩次，我每次到日本，也都去拜訪他。

每次我和健一見面之際，我總是擇要地向他講述一些稀奇古怪的遭遇，他聽得津津有味。而且，不論我的遭遇聽來如何荒誕，如何不可信，他毫無保留地接受，這證明他是一個想像力極其豐富的人。

而我一開始和健一相識，幾乎不到兩天，便成為好友的主要原因之一，是健一有一項極其特殊的專長。他的這門專長是：對野外生活的適應能力。

健一的家鄉是日本九州中部的山區，他出生在一個十分貧窮的農家，據他自己說，兩歲喪母，三歲喪父，自此之後，就再也沒有人照顧他，他自小和山中的猴子、狼、獾、熊，甚至於蜜蜂、螞蟻一起長大。當他被他的養父發現時，他說，當時他熟睡在一頭母猴的懷中，那年他十一歲。這話，當然無法得到旁證，因為我認識他的時候，他養父已經死了。

不過，健一適應野外生活的能力超卓，我從來未曾見過第二人有這樣的能力。

我曾經和他一起露宿在山野間，他幾乎可以分辨出每一種不同的昆蟲的鳴叫聲，也知道怎樣去吃牠們才最可口。他隨便發出一點怪聲，就可以引得各種小動物來到他的身邊，當他是自己的同類，他能學超過三十種以上的鳥鳴聲，每一種都維妙維肖，而且可以分別雌雄。當他學起一種鳥的雄鳥叫聲之際，他的頭髮上可以站滿這種鳥的雌鳥。

他甚至宣稱自己精通猴類的語言，事實上他也表演過好幾次他和猴子通話的情形給我看過，使我深信不疑。

像健一這樣的人，最適宜的工作，應該是向動物方面去發展，但是他卻選擇了當警察這一行。後來我問過他為什麼作這樣的選擇，他的回答是：「我對一切生物，都已經有了極深刻的了解。可是，我不了解人。我想，警察是接觸人的行業，所以我要當警察，試圖進一步去了解人。」健一可以說是唯一以這個理由參加警察行列的人了！

我打電話的原因，是因為在印度旅行——那次旅行另有目的，過程也十分有趣，但不屬於這個故事的範圍之內，所以不提——由於一個偶然的機會，接觸到了一個動物學家。這位動物學家正在為一件事發愁，使我想到了，唯一可以解決這個困難的人，只有遠在日本的健一。

動物學家遭遇到的難題是，有一頭極其珍罕的純白色的小眼鏡猴，在印度南部森林中捕獲，自從捕獲之後，一直不肯進食，已經奄奄一息。這種眼鏡猴本身，極其罕見，白色的變種，可以說舉世僅此一頭，要是「絕食」至死，自然可惜之極。所以我想到了健一，以他和猿猴之間的溝通程度，或許可以勸這頭白色眼鏡猴放棄「絕食」。

我和這位動物學家，先和「國際野生動物保護協會」聯絡，取得了日本方面的同意，准許我攜帶這頭白色眼鏡猴入境。然後，我就打電話給健一。

我在電話中只說找他有極其重要的事，並沒有說明要他幹什麼。我當然不知道他正為板垣案子在大傷腦筋，甚至根本不知道有一個叫做板垣一郎的企業家被神秘射殺。

我之所以全然不提起，是想給他一個意外之喜。至於我要來見他，會給他帶來極大的困擾，這一點，是我所料不到的。

在打了電話之後，由於那頭白色小眼鏡猴的情況愈來愈壞，所以我立即啟程，飛往日本東京。

健一還是維持着原來的姿勢，雙手托着頰，坐着不動。在他面前，是一大疊報告，全是有關該項案件的。

一個星期的調查，似乎一點也未能撥開迷霧，板垣之死，肯定是第一流職業殺手的傑作，他找到了酒店的那間豪華套房，登記的名字是一個最普通的日本名字，據酒店職員、侍應生的回憶，住客身形相當高大，面色黝黑、英俊，講明只住一天，房租先付，晚上入住，第二天中午過後，正是板垣中槍之後兩分鐘，他離開酒店，手中提着一隻極其精緻名貴的鱷魚皮手提箱。

兇手當然就是這個住客，可是這樣外形的人，在東京有好幾十萬，想要在茫茫人海中找到這個人，當然沒有可能！

健一的決定是，從板垣的生活上去查究，看看什麼人要僱用第一流的職業殺手去取他的生命。僱用這種第一流殺手，代價極其驚人，通常超過十萬美金，如果沒有極其重大的理由，不會有人會這樣做。

循這條路去查，要查出真相來，應該不會太困難，可是一星期下來，板垣一郎生前的活動，已經盡一切可能搜集了來，還是沒有頭緒，所有的線索，只是板垣在每個星期之中，例有一晚到三晚的時間，在八時至十二時之間，行蹤不明。

這一點，是板垣的妻子貞弓提供的。

「我有記日記的習慣，」貞弓在回答健一的詢問時這樣説：「當然，我的日記，只不過記一點流水賬，家庭中發生的瑣事。板垣每次有生意上的應酬約會，都會告訴我，我也就記下來。他的應酬十分繁忙，有時候甚至要一晚上趕幾個約會，有時，喝醉了由朋友送回家，在我的日記中，也全有記載。」

健一靜靜聽着：「那麼，夫人，是不是可以將你的日記，交給警方，作為查究板垣先生生前行動的資料呢？」

貞弓在聽到了健一有這樣的提議之後，略為挪動了一下她以十分優雅的姿勢坐在沙發中的身子，但仍然維持着優雅。她出身關東一個望族，健一早已知道這一點，同時在第一次見到她的時候，心中就在想：大家風範，究竟不同，她的神情，一切全是那樣恰當。適度的哀傷，適度的悲痛，丈夫的死，並不能打亂她久經訓練的大家生活，家中的陳設，仍然是那樣的高雅整潔。再且聽起來，她的講話也那樣有條理。

那是健一，或者是任何外人對貞弓的印象。但是貞弓自己的心裏，可不是那麼想。

一接到板垣的死訊，登上了穿制服司機駕駛的汽車，在赴醫院途中，貞弓心中只想着一件事：他死了！

結婚十七年，他死了！

這十七年來，有許多瑣事，平時無論如何再也想不起來，可是這時，卻在一剎那之間，一起湧上了心頭。

最奇怪的是，她在想到「他死了」之後，心境十分平靜，好像那是期待已久的事。

任何人，對於期待已久的事，忽然發生了，都不會驚訝，反倒會鬆一口氣，貞弓就有這種感覺。

可是，如果問貞弓，為什麼她會有這種感覺？是不是板垣活着的時候，給了她很大的壓力，她回答不出來。

一聽到坐在對面，身材瘦削，但是卻全身瀰漫着用不完的精力，一雙眼睛充滿神采的辦案人員，要借用她的日記，貞弓不由自主，震動了一下。

然而她心頭的震動，表現在外表，只不過是身子略為挪動一下。她甚至很自然地作出了一個抱歉的神情：「健一先生，這……個問題……因為日記之中，畢竟還有一點，是我私人生活！」

健一忙道：「是，這點我明白，那麼，能不能請夫人將日記中有關板垣先生的行蹤部分讀出來，我會派人來記錄。了解板垣先生生前的活動，對於追尋兇手有很大的作用，想來夫人也一定希望早日緝兇歸案！」

貞弓現出了適度的悲哀：「可以，這我可以答應。」

健一找來了一個很能幹的探員，負責記錄，同時使用筆錄和錄音機。

在記錄完畢之後，健一派了七名能幹的探員，逐一去拜訪日記中提及板垣曾與之約會的那些人，很快就發覺，其中十分之七是真有這樣的約會，但是十分之三左右，卻全然沒有這樣的約會。板垣之所以要向貞弓説有約會，目的只不過是要用這段時間去做旁的事。

每星期一次至三次，每次四小時到五小時，板垣要利用這段時間做什麼呢？

「當然是他有了一個情婦，他那些時間，用來和情婦幽會。」我說。

我對健一說這句話，是在日本東京，他的住所之中。我抱着那頭白色的小眼鏡猴，到了成田機場，一下機，就有兩個日本野生動物保護會的工作人員來迎接我，當他們看到了那頭眼鏡猴之際，一面發出讚歎聲，但同時也看出牠的情況極差，是以又不由自主發出嘆息聲。

我則東張西望，希望看到健一，因為早一刻看到他，那頭小眼鏡猴得救的希望，就增加一分。

第二部

純白色眼鏡猴和打不開的房門

健一匆匆趕來，我看到他直衝進大門，向前奔來，剛好有一個人推着行李車在他面前橫過，他將身一躍，趴過了那輛行李車，身手敏捷絕倫。一到我身前，就發出了一連串古怪的聲音。幾乎一直一動不動的眼鏡猴，忽然動了起來，而且，還睜開牠的眼睛，健一才伸出手來，眼鏡猴就向他撲了過去。

健一的聲音極嚴厲，看他的神情，像是恨不得狠狠打我兩個耳光：「這是怎麼一回事？你們怎樣虐待牠？」

我忙搖着雙手：「沒有人虐待牠，牠不肯進食，自從捕捉到牠之後，牠就一直不肯進食。」

健一直衝向餐廳，一面口中喃喃地咒罵着：「應該將世界上所有的獵人，全都用網、用陷阱、用獵槍抓起來，串成一串，罰他們步行穿過撒哈拉大沙漠！」

我們跟在他的後面，進了餐廳，健一幾乎是搶了一瓶牛奶，打開了瓶蓋，將牛奶湊向眼鏡猴的口中。

我真的無法不佩服他，他一面輕抓着柔軟雪白的眼鏡猴的細毛，一面餵着牛奶。眼鏡猴的大眼睛中，露出一種極其感激的神采——我可以肯定這一點，很快，就喝完了一瓶牛奶，而且，立刻就在健一的懷中睡着了。

健一趕走了那兩個野生動物保護會的人員，和我一起上了他的車，直驅家中。健一是單身漢，他的住所，在一幢大廈中，當然凌亂得可以，而且，幾乎所有的空間，都種滿了植物，令得整個居所，像是原始森林。

一進門，他先將自己牀上的一張毯子拉過來，整理成一個相當舒適的窩，然後，才將那頭小眼鏡猴放在這個窩中，輕拍着牠，喉間發出一些古怪的聲音。那頭小眼鏡猴，也用同樣的聲音回答他。

然後，他取出兩瓶酒，拋了一瓶給我，留下一瓶給他自己，我們就着瓶口喝着酒，他一面將這幾天在忙些什麼，和忙了之後的進展告訴我，我就立即告訴了他我的看法。

「對，情婦！可是他的情婦是什麼人？他們在什麼地方幽會？」健一一面說，一面用手指叩着額角。

我笑了笑：「我看不難查，瞞着妻子和情人幽會的男人，心理全一樣，第一，他不會使用自己的車子，第二，幽會的地點，一定是很靜僻的地區！」

健一不等我說完，就打斷了我的話頭：「東京有太多靜僻的地區！」

我道：「查一查板垣的司機，在那幾次板垣假稱有應酬的時候，他送板垣到什麼地方下車，可以有眉目！」

健一道：「問過了，每次不同，都是一些著名的應酬地方，而且司機每次都看他走進去才離開的。」

我道：「可以剔除使用地下車或其他公共交通工具的可能，這些地方，大都有計程車停着等生意——」

我才講到這裏，健一就直跳了起來，用力拍了自己的頭一下，他這個動作，將躺在毯子上的小白色眼鏡猴嚇了一大跳，一下竄了起來，用纖柔靈活的雙臂，抱住了健一的頸。

千萬別以為這頭純白色罕有的小眼鏡猴，在這個故事中是無關重要的角色。事實上，牠在整個事件中，佔有相當重要的地位。

一頭在印度南部的叢林中，被當地土人捕捉到的眼鏡猴，怎麼會和一個匿身於東京的一流殺手有關呢？這實在不可思議。但是造物的安排，就是這樣的奧妙，可以在任何看來完全沒有關係的兩件事、物或人之間，用一連串看不見的鎖鏈將之串連起來。

所以，請大家不要忽視這頭罕見的、可愛的純白色小眼鏡猴。

我並沒有準備在東京停留多久，因為目的是將那頭眼鏡猴交到健一的手中，這個目的已經達到了。

我和在印度的那位動物學家通了一個電話，告訴他可以放心，那頭眼鏡猴不但肯喝牛奶，而且可以一口氣吃一條香蕉，體力迅速恢復，第二天，就已經可以在健一的住所中，跳來跳去。

當晚我住在酒店中，我深信健一的能力，可以破案，板垣一案，也沒有引起我多大的興趣，因為看來無非是一宗買兇殺人案而已。由於健一很忙，我只在電話裏通知他我回家了，可是他不在辦公室，也不在家中，所以我只好自己赴機場。在機場，辦好了手續，在候機室中等着，不久，我乘搭的那一班航機，開始召集，我再給健一打電話，辦公室和住所都不在，只好放棄，進了閘口，等候上機。

就在我快登上載搭客上機的車子之際，一個機場職員氣急敗壞地奔了過來，叫道：「衛斯理先生？哪一位是衛斯理先生？」

我忙道：「我是！」

那機場職員喘着氣：「衛斯理先生，有極重要的電話，是通過警局駐機場辦事處找你，請你立時去接聽！」

我呆了一呆，那職員喘氣：「是一位叫健一的警官打來的！」

哦，原來是健一這傢伙，他有什麼事找得我那麼急？看來，我搭不上這一班飛機了！健一知道我要搭這一班機走，那是因為我打電話到他辦公室去，他不在，我請他的同僚轉告他的緣故。

我跟着那位機場職員走向機場的警方辦事處，取起了電話，就聽到健一的聲音。他叫道：「天啊，你上哪裏去了？叫我等了那麼久，我快忍受不住了！」

我呆了一呆，「我快忍受不住了」，這是什麼意思？

我沒好氣說道：「如果你的電話遲來兩分鐘，我已經上飛機了！」

健一有點不講理：「就算飛機已經升空，我也會引用權力，叫飛機再降落，不會讓你走！廢話少說，你快上車，用警方的車子，他們已經知道該將你帶到什麼地方來，我在這裏等你！」

我是一個好奇心極其強烈的人，最忍不住的事，就是健一用這樣的語氣和我講話，我忙道：「發生了什麼事？」

健一道：「我不知道，所以才要你來，希望你來了之後，會有合理的解釋。看老天爺的份上，快來！」

健一說到這裏，就掛斷了電話。我也放下了電話：「健一先生說有人送我到一個地方，請問是誰？」

一個看來很活潑的小伙子忙道：「是我，請多指教。」

我沒有和他多客套，只是道：「看來我們還是快點啟程的好，健一先生好像十分心急！」

那小伙子沒有說什麼，只是作了一個手勢，示意我跟着他。我們出了機場，上車，由他駕駛。

我對東京的道路不是十分純熟，但是這個小伙子卻極其熟悉，穿來插去，車行三十分鐘之後，駛進了一個十分幽靜的高尚住宅區，而在不久之後，就在一幢臨街的、十二層高的大廈前停了下來。

車一停下，我就看到健一自內直衝了出來，他顯得十分焦躁，一奔到近前，竟然用力一拳，打到車頂上：「這車子是怎麼來的？人推來的？」

我伸手，將他攔在車門前的身體略推開一些：「車子以最快速度來到這裏，你不應該再抱怨什麼！」健一仍然狠狠瞪了駕車的小伙子一眼，然後，一伸手拉住我的手臂，走進了那大廈。那大廈顯然是十分高級的住宅單位，大廈的大堂，鋪着雲石，裝飾豪華。

這時，有幾個探員在，還有一個看來像是管理員一樣的中年男人。那中年男人的樣子很普通，神情古怪。

健一一直拉我進入電梯，按了「十一」字，電梯上升，等我再被他拉出電梯，我才發現健一的手，一直握着我的手臂，不但握着，而且握得極緊，這證明他的情緒相當激動。

這一點，其實不容懷疑，如果他不是需要我的支持，不會在機場上將我叫回來。但是至此為止，我還不知道他發現了什麼，需要我支持什麼。

出了電梯，是一個穿堂，燈光柔和，有一盆橡樹作為裝飾。穿堂的壁間，用彩色的瓷磚，砌出海底生物的圖案，看來十分動人，穿堂的左首，是一扇住宅單位的雕花大門，門口，有兩個探員守着。

健一向他們揮了揮手：「你們先下去，在大堂等我，叫繪圖員來了之後，自管理員口中的資料，繪出那個年輕的女人的圖形來！」

兩個探員答應着，從電梯下去，健一伸手握住了門柄，轉過頭來看我：「這裏，就是板垣和一個年輕美麗女人幽會的所在！」

我有點冒火，單是為了發現了板垣和女人幽會的所在，就值得將我從飛機場這樣十萬火急地叫到這裏來？

我想責備健一幾句，但是我還沒有開口，健一又道：「在問過了近二十位計程車司機之後，其中有四個記得曾經接載過一個像板垣這樣的人，到過這裏下車，再經過向管理員查詢，肯定了是這個單位，我們用百合匙，將門打開，因為裏面沒有人。」

我竭力忍耐着，才勉強將他講的話聽完，我冷冷地道：「就為了這樣一件平凡的案子，有了這樣一點進展，你就將我從飛機場叫回來？」

健一道：「請你進去看一看再說！」

健一推開了門。

聽得健一這樣說法，我心中也不禁相當緊張，以為這個住宅單位之中，一定有極其怪異的東西在。所以當他推開門之際，我不由自主，屏住了呼吸。

可是門一推開，我向內一看，不禁脱口而出，罵了一句相當難聽的話。

門內是一個相當寬敞的客廳，連着用餐間，全部是西式佈置，優雅整潔，看起來一點也沒有什麼奇特之處！

正當我要大聲向健一責問之際，健一已向內走去，我只好跟在他的後面，他來到了一扇門前，推開：「這是臥室！」

我向內看了一下，臥室的佈置，極富浪漫色彩，連天花板上也鑲着巨大的鏡子，的確是和情婦幽會的好地方。板垣這傢伙，為了營設這樣的一個地方，花費了不少心思。

可是我仍然看不出那有什麼特別，特別得足以使健一將我從飛機場叫回來。

健一在門口站着，我也沒有走進臥房去，健一轉過身來，指着一扇較小的門道：「這扇門通向廚房和儲物室。」

接着，他又指向另一扇門：「你想，這一扇門，應該通向何處？」

我對這個問題，實在極不耐煩，耐着性子道：「當然是通向另一間房間。」

健一道：「那應該是什麼用途的房間？」

我有點冒火，大聲道：「一間書房，或是另一間臥房。如果一間臥房已足夠幽會之用，那麼，可能是一間空房間。」

健一攤了攤手：「好，請你將這間房間打開來看看！」

要不是健一和我交情如此特殊，而且他的態度又這樣神秘的話，我真想掉頭不顧而去！我停了一停，望着他，走向那扇門，握住了門柄，想轉動門柄，推開門。可是卻未能轉動門柄，門鎖着。

東京警察廳的開鎖專家是看來行動相當遲緩的中年人，可是他十指修長靈活，有經驗的人一看就可以知道他是一個開鎖的老手。

開鎖專家的職責，就是專門打開普通人不能打開的各種各樣的堅固的鎖，包括許多構造極其複雜的密碼鎖。

既然稱為「開鎖專家」，當然對打開各種各樣的鎖，有超卓的技巧和豐富的經驗。

「當健一警官十萬火急，召我到現場的時候，」開鎖專家事後回憶，在說的時候，神情仍然帶着相當程度的憤慨：「我以為他一定遇到了什麼大難題，可是到了一看，他只不過要我打開一扇普通房門的門鎖，這對我的職業尊嚴來說，簡直是一種侮辱！」

「我之所以要召開鎖專家前來，是因為我們打不開這扇門。」健一的解釋十分簡單：「我們用百合匙打開了這個居住單位的大門，也從管理員的口中，知道了大廈單位的格式一樣，每一單位有兩間房間。我們弄開了其中一間的門，那是臥房，可是無論如何打不開另一扇門，所以才請開鎖專家來幫忙。」

「我當時看到只不過要我打開一扇普通的房門，幾乎立即拒絕。」開鎖專家繼續敘述着：「可是健一警官説他無法用百合匙打開這扇門，這實在不可能，這是最普通的門鎖，近年來極流行，鎖和門柄連在一起，要鎖門的話，只要將門柄內的一個掣鈕按下，拉上門，門就鎖上了，在外面打開，必須用鎖匙，在房內，只要轉動門柄，門就可以打開。要打開這樣的門鎖，甚至根本不必動用百合匙，一個髮夾，甚至一根牙籤，都可以達到目的！」

「可是，結果——」我問。

開鎖專家的神情變得很難看，很尷尬，也很莫名其妙。這種神情，顯示出他內心正遭受着極度的困惑，他聽得我這樣説，歎了一口氣，伸手撫着臉：「結果是，我足足花了半小時，從一根簡單的鐵絲起，一直到動用了最複雜的工具，都無法將這個普通的門鎖打開，我——不知道為了什麼，這不可能！我可以打開任何鎖！」

健一道：「所以，我想起了你，衛斯理，你有很多種驚人的本領，開鎖是你的專長之一，所以我立刻找你，酒店説你已經離開，所以我又作緊急召喚，將你從飛機場叫了回來。看看你是不是可以打開這扇門？」

這就是我來到這裏的原因。

我推了一下門，沒推開，門柄也轉不動，鎖着，這是毫無疑問的事。

這樣一柄普通的鎖，實在沒有理由打不開。

我笑着：「那位開鎖專家呢？因為打不開這樣普通的鎖，引咎辭職了？」

我揶着開玩笑的態度説這幾句話，可是健一的態度卻十分嚴肅：「不，他回去取更複雜的工具，而且，如果他打不開這扇門，他不單引咎辭職，而且會引咎自殺！」

我把「切腹」兩字，在喉嚨裏打了一個轉，又吞了下去，沒有説出口來。因為我很了解日本人的性格，這種玩笑，他們開不起。

我只是道：「那麼，你叫我來，是要我打開這扇門——」

健一道：「先再讓他試試，等他不行了，我再委婉地請你出手！」

我斜睨着那扇門，心中在想，這樣普通的鎖，讓我來的話，我看只要十秒鐘就夠了！我想不等開鎖專家來就出手，但正當我在這樣想的時候，一個半禿的中年人，提着一隻皮袋，已經氣急敗壞地闖了進來，就是那位開鎖專家。

他一進來，連看也不向我和健一看一眼，就直趨那扇門前，放下了皮袋，將皮袋打開。皮袋可能使用有年，顯得相當殘舊，打開之後，裏面有着超過一百種以上的各種各樣開鎖的工具。

那些開鎖的工具，全部十分整齊地排列着。我算得是開鎖的行家，可是這個皮袋中的工具，我粗粗看了一眼，至少也有二三十種，我叫不出名稱，不明白它們的用途。

在皮袋的內面一層，還有一行燙金的字，字跡已經剝落，但是還可以認得出來，那一行字是：「天下沒有打不開的鎖」。

這是一句十分自負的話，但從皮袋中的工具來看，這句話倒也不像是空頭大話。

開鎖專家先從工具中揀了一枝細長的鐵籤，籤身柔軟有彈性，一端有一個小鈎子。照我看來，這樣的一件工具，足夠打開這具門鎖有餘了。

這種普通的門鎖，使用的無非是普通的彈珠結構。也就是説，只要能夠將其中的一粒或數粒彈珠按動了的話，鎖就可以打開了。

開鎖專家將鐵籤伸進了鎖孔，小心轉動着，我聽到了輕微的「格格」聲，這證明專家的手法熟練而快捷，專家的神情也充滿了自信，去轉動門柄，可是，門柄仍然不動，門還是鎖着。

專家的面肉跳動了一下，換了一支扁平形狀，兩邊都有很多長短不同的鋸齒形突起的小鐵枝，伸進鎖孔去，轉動着，鎖的內部，發出「格格」的聲響，他一手持小鐵枝轉動，一手試圖旋轉門柄，又不果。

他又取出一枝非常細，但是相當堅硬的鐵絲來，也插進了鎖孔之中，配合那小鐵枝，一起轉動着。

接下來，他又換了好幾種工具，他面肉的抽動，愈來愈甚，額上也開始滲出汗珠。

看着他動用了那麼多工具，還是未能將這個普通的門鎖弄開，我也不禁呆住了！那簡直是不可能的事！以他這種熟練的手法，一具再堅固的保險箱也可以打開來了！

他既然打不開，就算由我來動手，也一樣打不開。這時候，自他開始工作，已經將近半小時了，我忍不住道：「健一，鎖弄不開，將門硬撞開來算了！」

我這個提議，最實用，最直接，可是我話說到一半，健一就急急向我打手勢，不讓我說下去，我不知道原因，還是將話說了出來。我的話才一出口，開鎖專家本來蹲着，這時，霍然而起，以極其兇狠的目光凝視着我，好像我是他的殺父仇人。

接着，他就用嘶啞的聲音吼叫起來：「誰敢這樣說？」

他一面說，一面揮着手，又叫道：「我一定要將這鎖打開來，這是我的責任！」

當開鎖專家這樣叫嚷的時候，健一的神情也十分莊嚴，可是我卻只覺得滑稽，我聳了聳肩，轉向健一：「好，請他繼續開鎖，開鎖的目的，不過是想進入這間房間，我從窗子爬進去！」

開鎖專家不斷眨着眼，我要破門而入，傷害了他的自尊，他想和我拚命，但是我破窗而入的話，就和他沒有關係，他無法反對！

健一也看出了這一點，他竭力忍着笑，拍着自己的頭：「真是，我怎麼沒有想到這一點！」

開鎖專家憤然，不再理我們，繼續用他稀奇古怪的開鎖工具，努力開鎖。我和健一出了客廳的大玻璃門，來到露台上。向左看，就是我們想要進去的那間房間的窗子。

窗子緊閉着，在窗子後面，是厚厚的深紫色的絲絨帷簾，看不到窗內的任何東西，從露台要攀到那房間的窗子，距離不過兩公尺，極其容易，一個業餘小偷也可以做得到。

這時，有一兩個探員也上了來，其中一個走出露台來，看到我們在商量着由窗子進房間去，自告奮勇：「我來！」

這是一件任何動作矯捷的人都可以勝任的事，我和健一都沒有意見。而這位探員，對於破窗而入這種事，相當在行，他先用一塊布，浸了水，摺好，咬在口中，然後攀出了露台，站在建築物外的突出部分，向窗子移動。雖然窗子在十一樓，離地很高，可是建築物的外牆上有很多突出點，不但可供踏足，也可以用手攀住它們，安全絕對不成問題。

大約三分鐘之後，那探員就來到了窗前，他一手抓住了一條水管，一手自口中取下摺好的濕布來，將之貼在玻璃上，然後，用手向濕布拍下去。

這樣，不但可以輕而易舉地拍碎玻璃，而且也可以不使玻璃碎片四下飛濺，傷及途人。他拍碎了玻璃，將濕布摺疊了一下，拋回露台來，然後，手自玻璃的破洞中伸進去，去打開窗子。

我和健一，在和他相距不足兩公尺處的露台上看着他，對他的一切動作，都看得極其清楚。事後在回憶中，也可以毫無遺漏地回憶出每一個細節來。

那探員在第一次伸手進玻璃洞之際，不小心，手掌邊緣在碎玻璃上擦了一下，刮破了一點，傷口流了極少的血。他縮回手來，將傷口處放在口中吮吸，接着，他又伸進手去，這一次，他成功了，他打開了窗子，窗子向外打開。

那時，風不算大，但是在窗子一打開之後，也足以吹動窗後深紫色的窗簾。

那探員一手抓住了窗子中間的支柱，一腳踏上了窗台，向我們揮着手，作了一個十分瀟灑的姿勢，身子一轉，向窗子中躍進去。

探員在向前躍出之際，身子是撞向窗簾的，他這時有這樣的動作，或許是心中故意在彷傚某些電影中的動作。那個探員還十分年輕，年輕人往往會在刻板的工作中玩些花巧的，以增加其趣味性。

但當時，這探員是不是真的這樣想，卻永遠也無法得到證實了！

第三部

窗後的一堵牆和看到了自己

在調查石野探員死因的法庭上，作供的共有七個人，這七個人如下：衛斯理、健一、途人A、B、C，大廈對面的住戶——一位正在天台曬衣服的主婦，以及那開鎖專家。

開鎖專家的證供最簡單，因為他當時正致力於開鎖。他的證供是：「我突然聽到外面傳來了一下慘叫聲，我不知發生什麼事，叫聲好像在露台上傳來，我在致力工作的時候，不很留意外界的情形，我連忙衝出去，看到健一警官和衛先生在露台上，他們兩人呆若木雞一樣地站着，張大着口，瞪着眼，望着一扇打開了的窗子。」

庭上問：「這時，你有沒有看到石野探員？」

開鎖專家答：「沒有，只看到健一警官和衛先生。要從窗子中爬進去，是衛先生的提議。」

而健一的證供，和我的證供，完全一樣，因為當時，我們同在一起，同樣看着石野探員，發生在石野探員身上的事，一起投入我們的視線，當然不會有什麼不同。

健一的證供是：「石野探員以一個看來相當誇張的動作，一手抓住兩扇窗中間的鋁質支柱，身子旋轉着，向窗內轉去，他為什麼要這樣做？看來只是一種表示動作矯健的動作。我在那一剎那間所想到的只是，他用這樣的動作進窗子去，他的身體，會將掛在窗後的窗簾，撞得跌下來。」

我當時也曾有過同樣的想法，但不認為那有什麼重要。

健一繼續道：「可是，他的身子旋轉着，碰在窗簾上，窗簾的質地是深紫色的絲絨，他的身子照理應該跌進窗去，但是突然傳來了「砰」的一聲響，在窗簾的後面，好像是什麼硬物一樣，阻住了他跌進去，不但阻住了他的去勢，而且將他反彈了出來。在那一剎那間，他握住窗子支柱的手鬆開，於是，石野探員整個人就——」

健一作供到這裏，難過得説不下去。

在對面天台上曬衣物的那位主婦説得更具體，對面那幢大廈有十五層高，她看到的情形，居高臨下。

她這樣說：「我聽到一下慘叫聲，立即探頭向下望去，看到有一個人從對面大廈跌了下來，他迅速向下跌去，當他在向下跌去之際，雙手舞動着，像是想抓住什麼，可是根本沒有可以供他抓的東西，他就這樣一直向下跌着，直到跌在地上。」

路人A、B、C的供述相同，他們是在石野探員墜地之際，恰好經過那裏的人，他們之中的一個，距離石野墜地之處，不過半公尺，險些沒有被石野探員壓個正着。

他們一致說並沒有注意到叫聲，但突然之際，看到有人自天而降，墜跌在他們的身前，一墜地，立時一動不動，其中，途人B是一個醫科大學的學生，立時俯身看視，發現跌下來的人，已經死亡！

庭上又轉問我和健一：「當時你們採取了什麼行動？」

健一苦澀地道：「我們無法採取任何行動。我和衛斯理先生，都不是反應遲鈍的人，可是發生的一切，實在太意外，當石野探員突然向下跌下去之際，我們什麼也無法做，只是眼睜睜地看他跌下去，一點也不能做什麼，一點也不能做什麼——」

健一講到這裏，又有點哽咽，說不下去。

石野探員年紀還很輕，突然發生了這樣的意外，作為上司的健一，自然傷心不已。

我補充道：「是的，由於事情發生得實在太突然，我們無法挽救石野探員的性命。這純粹是意外，健一警官不必因此內疚。」

主審法官的年紀很輕，他問整個事件中的關鍵：「那麼，究竟是什麼導致石野探員非但不是躍進窗子，而被反彈出來的？」

健一答道：「是一堵牆。」

當石野探員突然跌下去之際，我和健一兩人驚呆到了極點，實在不知做什麼才好，因為一切太突然了，所以我們只是呆若木雞地站着，甚至不及去看石野探員跌下去之後的情形，不必看，沒有人可以在十一樓跌下去而倖免。

我和健一只是目瞪口呆地望着打開了的窗子，窗子後面是窗簾，窗簾還在飄動着，窗簾的後面是什麼，還看不到。

我和健一由於驚呆太甚，所以並沒有發出呼叫聲來，直到開鎖專家奔了出來，我們兩人才一起叫了起來，我伸手指着窗子，喉嚨發出一連串古怪的聲音，健一大叫一聲，衝進了屋子之中，直衝出了那個住宅單位，我知道：他一定是下去省視跌下去的石野。

我還是注視着那窗子，開鎖專家在我的身邊，不斷地道：「什麼事？發生了什麼事？」

我也不知道發生了什麼事，我只知道探員跌了下去。這時，街上已經傳來了嘈雜的人聲，我向下看去，看到有許多人奔過來，也看到石野躺在地上，有一個人（途人B）正蹲在石野探員的身邊。

有許多輛汽車，因為交通的阻塞而停了下來。停在後面的車子不知發生了什麼事，正在使勁地按着喇叭。

我也看到健一直衝出去，推開了阻住他去路的人，來到了石野的身邊，蹲了下來。直到這時，我才想起了一件事，叫道：「天！快去召救傷車！」救傷車什麼時候來，我已經記不清了。事實上，早來或遲來，都沒有多大的關係。當時我叫了一下，開鎖專家奔回去，我則毫不考慮地跨出了露台的欄杆，向那扇打開了的窗子攀去。

在我攀向那窗子之際，我聽到驚呼聲自四面八方傳來。

我不理會，很快地來到窗前，用手抓住了窗子中間的鋁質支柱，但我卻並沒有旋轉身子向內撞去，我只是伸手向窗簾抓去，抓住了窗簾，用力一扯，將一整幅窗簾扯了下來。

窗簾一扯下，我就看到了那堵牆。

那是一堵牆，毫無疑問是一堵牆，雖然它豎立在它絕不該豎立的地方，然而那毫無疑問是一堵牆。

牆就在窗子的後面，窗和牆之間，除了可以容納一幅窗簾之外，也無法容下別的東西，石野探員旋轉身子，一心以為可以連人帶窗簾，一起跌進房間之中去，可是結果，卻重重撞在牆上，所以發生了慘劇。

當我看到窗簾後面竟然是一幅牆，我的驚呆，絕不亞於剛才突然之間看到石野探員下墜。我轉頭，向街下大叫道：「健一，你看看窗後是什麼！一堵牆！」

我不知道健一當時是不是聽到了我的叫聲，而我只是不斷地叫着：「一堵牆！一堵牆！」

牆用磚砌成，所用的磚，是一種褐黃色的耐熱磚，砌得十分整齊。牆當然是在房間中砌的，因為在窗和牆之間，根本沒有空間可以容砌磚的人站立。

用磚砌牆，一定要用水泥將磚一塊一塊聯結起來，由於砌牆的人在牆的另一面，所以磚縫中的水泥，在我看到的這一邊，就呈現不規則，這是因為砌好牆之後，不能再修葺整齊之故。整堵牆給人的感覺，極其結實。

在扯下了所有窗簾之後，可以發現，整幅牆和房間的一邊，同樣大小，也就是說，這幅牆，是依着房間一邊而砌起來的，作用是什麼？是遮住窗子？一幅牆，用來遮住窗子，這好像是十分不合邏輯的事。

但是如今的情形，卻的確是這樣。

我的第一個衝動，是用力踢着這堵牆，想將牆踢出一個洞來，看看牆後面究竟有些什麼東西，想弄明白好好的一間房間，為什麼要勞師動眾，來砌上這樣的一堵牆。

但是牆砌得很結實，我踢了好多下，並沒有將之踢開。

我踢不開牆，並不表示沒有別的法子可以將牆弄開一個洞。事實上，那極其容易，在救傷車載走了石野探員，我和健一的情緒慢慢穩定下來之際，健一就弄來了一具風鎬。

通上電流，我腰際結上安全帶，扣在窗子中間的鋁質支柱上，舉起了沉重的風鎬，按下掣，風鎬開始震動，發出震耳欲聾的「達達」聲，鎬尖很快就刺進了磚牆之中。

這時，開鎖專家也停止了工作，露台上站了很多人。

天已經開始黑了下來，健一手提着強力的照明燈，照着我工作。

風鎬不停震動，很快，磚層下落，被風鎬鑽鬆了的磚頭，一塊一塊跌進房間，或落在窗、牆之間的狹小空間。

不到十分鐘，已經弄掉了很多磚，牆上出現了一個六十公分見方的空洞。我向健一作了一個手勢，健一立時將強力的照明燈對準了那個空洞，我將身子略側了一側，由那個破洞之中，向內看去。

在那一剎那間，我已經作好了心理準備，準備在那間房間中看到怪誕不可思議的事。因為打不開的門鎖，一堵不明用途的牆，都已經夠怪異的了，那麼，隱藏在門後、牆後的事物，豈不是應該更怪異才對？

強力的亮光自牆洞中射進去，我就在牆洞中，向內張望，房間並不是很大，我立時可以看清房間中的情形。

我已經說過，我已經作好了心理準備，房間中有再怪異的東西，也嚇不倒我。

可是，就在我一看到房間中的情形之後，我還是呆住了。

我不知自己的驚呆到了何等程度，只覺得自己幾乎已喪失了一切知覺，血向頭上湧來，耳際發出「嗡嗡」聲，在那種血液澎湃奔騰「嗡嗡」聲中，我依稀聽到了健一的呼叫聲，健一在叫着我的名字，可是他的叫聲，聽來像是從極遙遠的地方傳來，我想，我對他的叫聲，也完全沒有反應。

「是的，衛君對我的叫聲，一點反應也沒有。當時在露台上的不只我一個人，人人都被衛君臉上那種驚駭絕倫的神情嚇呆了。」健一後來形容當時的情形：「尤其是我，我深知衛君的為人和他的經歷，無論他看到了什麼，他都不應該這樣驚駭。」

強力的照明燈持在健一的手中，對準被風鎬弄開的牆洞，光從牆洞中射進去，我就在牆洞之旁，光源不可避免地也照到了我的臉上，使得人人都可以看清我的神情。

健一又道：「我從來也未曾見到人的臉色會變得如此之煞白，而那時衛君的臉色，白得簡直像石灰，我大聲叫他，他一點反應也沒有，只有直勾勾地望着牆洞內部。而我們由於所站的位置，無法看到牆洞中的情形。當我看到衛君的身子開始發抖時，我感到必須採取行動了，我立刻熄了強力照明燈，好使衛君定過神來。」

在健一熄了強力照明燈之後，據健一說，我還是驚呆了有一分鐘之久，才緩緩轉過頭來。在露台上的幾個人中，有兩個發誓說他們聽到我在轉動頭部之際，頸骨發出「格格」的聲響，足以證明我那時全身肌肉的僵硬程度如何之甚。

健一和幾個人一起叫了起來，他們都說，他們的叫聲，足以震破人的耳膜，可是他們那時的叫聲，在我聽來，仍然像從極遠的地方傳來。

他們還說，我回答他們的聲音極大，像是用盡了氣力在叫嚷。可是在當時，我聽自己的聲音，也像是從極遠的地方傳過來。

健一和在陽台上的人在叫：「老天，你究竟看到了什麼？」

我回答：「我看到了我自己！」

一個人，要看到自己，通常，看到的不是自己，而只不過是自己的影子。可以通過攝影機或類似的裝備，將影子留下來，自己看自己。也可以在鏡子前，平靜的水面前，或者是任何可以反射光線的物體前，看到自己。

但是當時，當強光燈的光芒，自牆上的破洞射進去，我向內看去的時候，我看到了自己，卻不屬於上述的任何一種情形。

除了上述的情形之外，照說，不可能看到自己，但是我的確看到了自己，這才會使我震驚。老實說，這時看到的東西就算再怪誕，也不足以令我震驚，但是我卻偏偏看到了自己最熟悉的事物：我自己。

當強光燈的光芒，自牆洞中射進去的時候，我第一眼就看到了他——應該說，我第一眼就看到了「我」。「我」站在房間中，孤伶伶地，也正向我望過來，帶着一種極度茫然而空虛的神情，強光正射在「我」的臉上，失神的雙眼，對強光似乎沒有什麼反應。

那是我自己！我看到了我自己！

這實在是不可能的事，除非我有一個同卵子的孿生兄弟，但事實上我沒有這樣的一個兄弟。難道世上還有一個人，和我一模一樣？可是在那一剎那間的感覺，我並不感到是見了一個和我一模一樣的人，我的感覺是看到了我自己！

而且這種看到自己的感覺，和在鏡子中看到自己大不相同。在鏡子中看到自己，只不過是看到了自己的外貌。而在那一剎那間，我感到直看到了自己的內心，我看到了自己的另一面，孤寂、憂傷、軟弱、無依、空虛的那一面，和人家看到我的一面，完全不同！

我看到了自己！

健一和在陽台上的另外幾個人，顯然不知道我這樣回答是什麼意思，他們可以肯定的是我的神情告訴他們，我的處境十分不妙，健一已從陽台的邊緣上攀過來，伸出手，叫道：「拉住我的手！」

我也感到極需要掌握一些什麼，是以我也伸出手來。健一用力握住了我的手，用力將我拉了過去，直到我也落到了陽台之上。健一用十分低沉的聲音再問：「你究竟看到了什麼？」

我不由自主喘着氣，在我看到了自己的那一剎那間，因為極度的震動，使我產生了一種昏眩的感覺，這時，我多少已經略為定下神來。我吸了一口氣：「我……看到了一個人，這個人和我一模一樣……我在感覺上，這個人就是我自己！」

健一用一片茫然之極的神情望着我，顯然他全然不知道這樣説是什麼意思。他並沒有再多問我什麼，已經迅速地向那個窗口，攀了過去。健一是過慣野外生活的人，他攀緣的動作比我靈活得多，幾乎是轉眼之間，他就來到了牆洞之前，他轉過頭來，叫道：「強光燈！」

一個在陽台上的探員，亮着了強光燈，燈光自牆洞中射進去，健一向牆洞中望去，立時又轉回頭來。

我期待着他也現出極度驚訝的神色來，可是沒有，他只是現出不明所以的神情來。我想問他看到了什麼，他已再度向牆洞中看去，同時叫了起來：「我知道為什麼房門打不開了！」

他一面說，一面已經由那個牆洞之中鑽了進去。

他那種行動，着實將我嚇了一大跳，因為這間房間，雖然是在一幢普通的大廈之中，但是卻有着說不出來的詭異。首先，它有一扇打不開的門，其次，它有一堵臨窗而建的牆，再其次，我又在這房間中看到了自己，這間房間中究竟有什麼，我全然說不上來，但是健一卻毫不猶豫進入了那房間。

我想大聲阻止他，但是他的動作極快，我想再向窗子攀去，已經聽得健一的笑聲，在廳堂中傳了出來。和健一的笑聲同時傳入我耳中的，是開鎖專家的大聲咒罵。

我連忙從陽台回到廳中，看到那間房間的房門，已經打開，健一的神情很高興，開鎖專家就在他的身邊，臉脹得通紅，還在喃喃地咒罵着。

而我才向那扇門看了一眼，就知道開鎖專家為什麼咒罵！房門還是普通的房門，只不過安裝這扇門的人，弄了一點花巧。

通常來說，或者說，幾乎所有的門，全是在裝有門柄的這個方向推進去或拉開來的。可是這扇門卻恰好相反，門柄連鎖只是裝飾品，門從另一邊打開！

健一的觀察力十分強，他從牆洞中看進去，看到了房門鉸鏈的方向，就知道為什麼不能打開這道門的原因，他鑽進去之後，只是拉開了一個門栓，就輕而易舉，將門打開了。

在這裏，請留意健一的動作，健一是進了房間之後，拉開了一道門栓，將門打開。

那也就是說，門在裏面上拴。

房門從裏面拴上，拴門的人一定在房間之內，這是最普通的常識。

這間房間，本來有窗子，可是臨窗的一邊，卻砌了一堵結實的磚牆，這是已知的事實。

那麼，拴住了房門的人，從什麼地方離開房間？

本來，這個問題不成問題，因為當我在牆上破了一個洞之後，望進去，就看到有一個人，站在房間中。這個人，在感覺上，我感到他就是我，但是理智地分析一下，可以分析為一個外貌和我十分相似的人。既然房間中有人，那麼，拴上門拴的當然就是這個人！

但是問題就在這裏，健一自牆洞中鑽進去，打開了房門，我來到門口，健一出來，開鎖專家就在門口，屋中還有其他警方人員，整個住宅單位的唯一出入口，恰好有一個人走進來，那是警方的繪圖員，不可能有人從門口出去。也不會有人從牆洞中鑽出去，因為陽台上還有人在，任何人自牆洞中鑽出去，都不可避免地被人看到。

而房間中並沒有人。

房間是空的。

健一的說法是：「房間根本是空的，我不知道衛君為什麼向房間中看去的時候，會如此之驚駭，聲稱他看到了他自己。房間中根本沒有人，甚至沒有鏡子，或其他任何可以造成反映的物體。我一眼就看到房間是空的，也看到了房門是反裝的。我自牆洞中鑽進去，打開房門，任何人都可以證明房間是空的。」

「房間是空的」，不單表示房間中沒有人，而且表示，房間中真是空的，什麼也沒有，沒有任何陳設，只是一間空房間，約三公尺見方，一間普通大小的房間，完全是空的。

當時，我站在房門口，竭力回想我在外面，從牆洞中向內望的情形，我可以肯定，我絕未眼花，我的確看到了我自己。

健一在接下來的幾分鐘之內，一直以一種十分同情、奇訝的眼光望着我，我沒有向他作任何解釋，只是攤着手，神情無可奈何，表示或許是我看錯了、眼花了。健一也沒有再追問下去。因為要解答的問題實在太多。例如：何以在一個普通的居住單位之中，會有這樣奇特的房間？這間房間是要來做什麼的？為什麼門要反裝？為什麼在靠窗的那一邊要砌上一堵牆？這堵牆又是什麼時候砌起來的？

這許多問題，都有點奇詭不可思議，至於我曾在這間房間中看到過自己，反倒是不足道的小事。

健一大聲道：「請管理員上來！」

才進門口的繪圖員，將一張紙遞到了健一的面前：「這是這裏住客的繪像，我是根據管理員的形容而繪成的，請看看！」

健一接了過來，才看了一眼，就皺起了眉：「這是什麼意思？」

繪圖員的神情有點無可奈何：「我已經盡了力，可是管理員說，他每次看到那位女士前來，都是這樣子，他既然這樣說，我自然只好照着畫出來。」

我走近去，看看健一手上的那張紙。

紙上畫着一個女子的頭部。當然那是一位女士，有着流行的、燙着大圈子的頭髮。繪圖員的繪人像技巧也很高，但是卻無法認出這位女士的面貌來。

在紙上，那女子戴着一副極大的、幾乎將她上半邊臉全遮去的太陽鏡。而她的衣領又向上翻起，將她下半部的臉，又遮去了一小半，所能看到的，只是一個尖削、小巧的下頦。幾乎任何有這一型下頦的女人，都可以是圖上的那位女士。

健一揚着圖，向我苦笑：「如果這就是板垣的情婦——」

我糾正他的話：「不是如果，這一定是板垣的情婦，多半是為了怕人認出來，所以每次露面時，都將她的真面目，盡量隱藏。」

健一苦笑道：「世上再好的警察，也無法根據這樣的繪圖，將這個人找出來！」

我表示同意健一的話，調查板垣被神秘射殺一案，本來在找到了這個秘密幽會地點之後，可以說有了極大的發展。可是事實上，卻愈來愈陷進了撲朔迷離的境界。

管理員上來了，健一給他看那間房間，管理員的神情之驚訝，難以形容，不住道：「怎麼會有這樣的情形？怎麼會有這樣的情形？」

他完全不知道怎麼會有這樣的情形！

要解決的問題很多，要理出一個次序來進行，也不是容易的事。

健一望了我半晌：「希望你能留下來，以私人的身分幫幫我！」

不必健一邀請，我也要留下來，因為我曾在這間房間中看到過我自己，現在，我自己到哪裏去了？

健一道：「我們應該如何開始？」

我想了一想：「如果這位女士，在人前露面之際，慣常這樣打扮，那麼還是可以憑繪圖找到她，第一步，當然是將這繪圖複印，分發出去。在這單位居住的人，男的是板垣，已經死了，女的就是主要的關鍵性人物，一定要找到她！」

健一同意，將繪圖交給了一個探員，吩咐他立即趕辦。

「第二步，」健一自己發表意見：「這間怪房間，我想應該從大業主或是建築公司方面去了解，這工作，我想留給你！」

我也同意，因為這間房間，看來和板垣一案沒有什麼特別關係，而且也太怪誕，探索一切離奇怪誕事物的真相，這正是我的專長。

健一又道：「現在，無法進行進一步的調查，你可以明天開始，住在我這裏。」

我道：「你準備收隊了？」

健一說道：「我看不出在這裏，我還能做什麼，當然要收隊了！」

我指着那間房間：「我想留下來，在這間房間中，我要留下來，好好看一看。」

健一用一種奇怪的眼光望着我，顯然他不明白在一間空房間中，我能看到什麼，但是他卻也沒有反對，只是作了一個無可無不可的神情，接着，他下令警隊撤退，他最後走，臨走前問：「是不是要我陪你？」

我搖頭，道：「不必了！我一個留下來，會比較好。」

健一欲言又止，我笑道：「有什麼話，你只管説。」

健一作了一個手勢，表示他並不是有意要打擊我，然後，才以十分委婉的語氣道：「看到了自己，真不可思議！」

我並不反駁，只是道：「有這樣的一間房間存在，更不可思議！」

健一無法駁倒我這句話，他只是聳了聳肩，走了出去。在他離開之後，我將門關上。這裏是十分幽靜的住宅區，當警車喧鬧了一陣駛走之後，我坐在廳堂的沙發上，只覺得靜到了極點。

我的視線一直向着那扇打開了的房門，房間是空的，什麼也沒有。整個單位，一共有兩間房間，一間是臥室，那是板垣和情婦使用的房間，另一間，何以這樣奇詭和無可解釋呢？

我再一次回想我在牆洞中，由外向內張望時的情形，我已經不只一次回想過，那不可能是幻覺，我的確看到了自己！

我看到的自己，孤伶伶地站在這間房間的中心，滿臉徬徨無依的神情。

我離開了坐着的沙發，又走進了那間房間之中，房間是空的，什麼也沒有，地上鋪着的是方格的柚木，我一步一步向前走着，每一步，踏在一格柚木之上，不消多久，已經踏遍了所有的柚木板，我沒有遇到什麼，房間中除了我和空氣之外，顯然沒有別的東西。

我抬頭看着天花板，發現天花板上甚至沒有燈。

這樣的一間房間，有什麼作用，不論我如何假設，都想不出來。而到了第二天上午，我來到這幢建築物的大業主，一個專以出租為業務的置業公司的總經理辦公室。略見肥胖，已有將近六十歲的總經理，他一聽得我說起這間房間時，竟忍不住哈哈大笑起來。

我有點惱怒：「一點也不好笑，請問，有什麼好笑？」

總經理一聽我這樣說，連連道歉：「對不起，我實在忍不住笑，我們出租居住單位，劃一裝修，兩房，一廳，連傢俬。你說的那個單位，承租者是井上先生，那可能是假名，但是他既然預付了一年房租，我們的立場，自然也不便追究。」

我悶哼了一聲：「他親自來租的？」

總經理想了片刻，又翻了一下文件：「接洽這單租務的是我們的一位營業員，我請她來和你解釋當時的情形。」

我揮着手：「這可以慢一步，先要弄清楚何以這個居住單位中，會有這樣一間房間！你要知道，由於臨窗而建的那堵牆，令得一個探員無辜喪生，希望你能作一個合理的解釋！」

總經理搔着他稀疏的頭髮，神情疑惑之極：「真有那樣的一間怪房間？那不可想像，我不能相信。」

我本來想說「如果你不相信，你可以自己去看」。但是我卻沒有說出口來，因為看他的情形，像是真不知道，我歎了一口氣，道：「好，那麼，請當日辦理這件租務的營業員來，我要和她談一談。」

第四部

行為怪異的印度人和靈異象徵

營業員約莫二十四五歲，典型的日本職業女性，講話的時候，不但神態謙恭有禮，而且一直使用最敬禮的日語和我交談。

「是的，我記得井上先生，」她說：「先用電話和我們聯絡，他沒有上辦公室來，約了我到那大廈去相見。」

我把板垣的照片給她看，她立即道：「是的，這就是井上先生。」

板垣在租屋子的時候用了假名，這也不足為奇，誰都會這樣做，因為他租房子，要來和情婦幽會的。

「當天下午，大約是五點，井上先生就來了，我們先在大堂客套了幾句，他要高一點的單位。整幢大廈，一共有十二層，我就帶他去看第十一層，也就是他後來租了下來的那個單位。」

我問：「整幢大廈的單位，全是出租的？」

「是，全部出租，現在十分流行連傢俬出租的居住單位，雖然租金比一般為貴，可是比起酒店來，便宜得多了！」營業員恭恭敬敬地回答：「他一看就表示喜歡，只提出了一點，要我將電話拆走，他說他不喜歡在這裏的時候，受到任何打擾。」

我又問：「那單位一共有兩間房間，一間是臥室，另一間是作什麼用的？」

「所有單位的裝飾全一樣，一間是臥室，另一間是書房。書房中的陳設，包括書桌、書架，和一張可以拉下來作為單人牀用途的牀，以及椅子等等。」

營業員用訝異的眼光望向我，禮貌地說道：「剛才，聽你說什麼空房間，一堵牆，和什麼反裝的門，我實在一點也不明白，你是說——」

我道：「現在，那間書房就是那樣子。」

營業員維持着禮貌，心中可能在罵我神經病，我沒有向她作進一步解釋的必要，因為事實擺在那裏。

我再問：「你帶板垣——井上去看的時候，是一間書房。」

「是的，」營業員回答得十分肯定：「就在書房的桌上，他叫我拿出合同來，而且先付了一年房租。」

「那麼，他什麼時候搬進去的？」

「據管理員說，當天晚上，他就和一位女士，帶着簡單的行李搬進去了。這種情形也很普遍，我們也不會追問。」

我不禁苦笑，那間房間，什麼時候起，由一間普通的書房，變成了那樣怪異莫名？要反裝房門，還可以偷偷進行，要砌上一堵牆，可沒有那麼簡單，所使用的材料極多，而且還要好幾個人，開工好幾天，要進行這樣的工程，決無可能瞞過管理員。

一想到這一點，我立時又問：「在井上先生租下了那個單位之後，那幢大廈的管理員，一直沒有換人？」

營業員「啊」地一聲，道：「換過一次。他租了那居住單位，是八個月之前的事。原來的管理員叫武夫，武夫在三個月之前死了！」

總算有了收穫，我興奮得直跳了起來：「那位叫武夫的管理員，怎麼死的？」

營業員沒有回答這個問題，回答的是總經理，他道：「意外，武夫沒有親人，是警局通知公司，他因意外而死亡的！」我追問：「什麼意外？」總經理道：「好像是在狩獵區，被子彈誤中要害而喪生的，連子彈是什麼人射出來的都不知道！」

這是一項極其重要的發現！

「這是一項極其重要的發現！」我向健一強調。健一已經在吩咐找武夫「意外喪生」的檔案。

我說：「原來的管理員死了，這可以解釋，那間房間的改裝，是板垣租下了那個單位之後五個月之間所進行的。他買通了武夫，在夜間運建築材料進來。如果在夜間進行，就只有武夫會知道。至於板垣為什麼要那樣做，現在還說不上來，可是武夫的死，只怕絕不是什麼意外！」

健一的神情也很凝重，他甚至有點不耐煩地將爬在他肩頭上，正伸出舌頭在舔他後頸的那頭小眼鏡猴推開了一些。

那頭白色的小眼鏡猴一直和健一在作伴，健一本來將牠留在家裏，但是有一次他回到家裏，發現家中的陳設全被弄得亂七八糟之後，他寧願將這隻小眼鏡猴帶在身邊。

健一在推開那頭小眼鏡猴之後，向我眨着眼：「你昨晚整夜，在那房間中，沒有什麼新的發現？」

我搖頭道：「沒有！」

健一的手下已經找出了武夫的檔案，拿了來，健一忙打開文件夾，看着檔案。

檔案的內容很簡單，武夫的屍體被發現在一個狩獵區，那時正是狩獵季節，很多獵人在那一區活動，武夫的死因也很簡單，有一顆子彈，射中了他的心臟部位。根據判斷，可能是流彈誤中。

經過解剖，取出了子彈，是普通的雙筒獵槍的子彈，恰好陷進心臟，導致死亡，據法醫指出，子彈的力道不強，如果武夫的上衣口袋中，有一本日記什麼的東西，將子彈的來勢擋一擋的話，子彈接觸不到心臟，他就不至於死亡。也就是根據這一點，所以判定武夫死於誤中流彈的意外。

至於武夫到狩獵區去，是為了什麼呢？他受僱的那公司說，由於休假，他有一個星期的假期，到狩獵區去渡假。

從所有的記錄文件來看，似乎並沒有什麼可疑之處。我和健一看完了之後，健一問我：「一個第一流的職業殺手，是不是可以先算準了距離，來配合獵槍的性能，使得子彈恰好在力道快要衰竭之際，恰到好處地射進人的心臟之內？」

我道：「當然可以。」

健一皺起了眉，霍然站了起來。趴在他肩頭的小眼鏡猴發出了「吱」的一聲，自他的左肩，跳到了右肩。

健一一站了起來之後，道：「武夫如果是被人謀殺的，他是第一個，板垣是第二個，你猜第三個會是誰？」

我立即道：「板垣的情婦！還沒有找到她的下落？」

健一悶哼了一聲：「憑一張那樣的繪圖，太難找了！」

我吸了一口氣：「要快點找！我的假設要是不錯，調查所有的建築材料行，砌一堵牆要多少磚，多少沙漿，砌牆的人一定要向建築材料行購買，而且是在晚間送貨。要有熟練的工人，才能砌出這樣的一堵牆來，那也應該可以查得到！」

健一大聲道：「對，我手下的探員，可以查到這些！」

他伸了一個懶腰：「今天晚上，我們去喝點酒，怎麼樣？」

「好啊，去喝點酒！」我立時同意。

健一帶了我，進入他慣常去的那間酒吧之際，酒吧中的人並不多，幾個女招待正坐着在打呵欠，一副睡不醒的樣子。老闆娘一看到有客人進門，一面用力推醒女招待，一面滿臉含笑地走過來。

老闆娘和健一顯然相當稔熟，她大聲打着招呼：「好久沒見你了！咦，這是什麼小動物，真可愛啊！」

老闆娘所指的「小動物」，就是那頭小眼鏡猴。

在這裏，不妨描述一下這種產自印度南部密林中的小眼鏡猴的外形。

那種眼鏡猴，其實看來，像猴子比像松鼠更少，牠的體型大小，也和普通的松鼠相差無幾，尾相當長，頭部最突出的是一對骨碌碌的大眼睛，極其可愛。健一走進來時，小眼鏡猴正在他的肩上，雙手扯住了健一的耳朵，以致健一的樣子看來有點怪，可是小眼鏡猴的樣子看來更有趣。

健一沒有回答老闆娘的話，只是約略向她替我作了一句介紹，吩咐道：「另外拿一碟花生來，別加鹽！」

我們找了一個角落，坐了下來，當我們兩人舉杯，酒杯中的冰塊相碰，發出聲音之際，小眼鏡猴已蹲在桌上的碟旁，享受那碟沒有加鹽的花生。

我和健一雖然沒有明說，但是不約而同，大家都不提起令人困擾的板垣案件，只是說了些不相干的話。

酒吧中的音樂很細柔，一個女招待要過來勸酒，給健一趕走。當我們喝到第三杯酒的時候，客人不見增多，但這時已到了酒吧應該最熱鬧的時候，所以燈光也調節得比較黑暗些，就在燈光才黑了不久，突然，有一個聽來很嘶啞的聲音，在我們的座位旁邊響起來：「啊！奇渥達卡！」

這句話，在我聽來，「啊」是驚歎聲，「奇渥達卡」是另一個名詞，但我相信在健一聽來，「啊」字和「奇渥達卡」一定聯在一起，不能分開來，在他聽來，那是一句莫名其妙，沒有意義的話。要不是我才從印度來，我也聽不懂這句話。

我在印度，遇到那位對着絕食的小眼鏡猴一籌莫展的動物學家之際，那位動物學家就曾告訴過我，這種小眼鏡猴極其稀少，已經瀕臨絕種，純白色的變種，更罕見，幾百年也見不到一隻，而被當地的土人視為靈異的象徵，這種白色的小眼鏡猴，當地的土語就叫「奇渥達卡」。由於絕少見到這種動物，所以「奇渥達卡」這個名稱，也不是每一個土人都知道的。

動物學家更向我解釋，知道白色小眼鏡猴的土名是「奇渥達卡」的，大抵是在當地土人部落中有地位的人、智者、長老等等，不會是普通人。

如今，在東京的一間酒吧之中，我居然聽到了有人叫出了白色小眼鏡猴的正式當地名稱，這真令得我驚訝莫名！

我連忙抬頭，循聲看去，立即看到那個人就在我們的座位之旁，站着，可是一時之間，我卻看不清他的模樣。

那時，燈光才暗了下來，是適合於客人和女招待調情的那種光度，相當暗。而那個人，又穿着全身深棕色的衣服，再加上他的膚色十分黝黑，所以全然無法看清他的面目，一看之下，只能看到他相當高大粗壯。

健一由於不懂那人所說的那句話，而他又顯然不喜歡有人打擾，所以他已經揮着手：「請走開點！」

我一聽他這樣說，忙道：「等一等，這位先生好像對這頭白色的眼鏡猴，相當熟悉！」

健一向我瞪過來，我忙又解釋道：「他剛才叫出了只有少數人才知道的當地原名！」

健一聽了我的解釋，沒有再說什麼。我急於向健一解釋，並未曾注意到那人的行動，等到我和健一說完，抬起頭來時，看到那人已轉身向外走開去。

我連忙站了起來：「先生，請停一停，我有話問你！」

那人停步，可是並沒有轉過身來的意思，我忙離座向前走去，那人像是知道我在向他走去一樣，也向前走去，他的步伐相當大，我雖然加快腳步，想追上他，可是卻始終和他保持了一步的距離。

這使我要想追上他。轉眼之間，他和我已相繼出了酒吧的門，他轉入一條極其陰暗的小巷子中，我追了上去。

才進小巷子，那人就站定，並不轉過身來，我到了他的背後，他的語音聽來十分急促，日語也不是十分純正：「先生，奇渥達卡是靈異的象徵，你們不應該飼養，應該將牠放回森林去！」

我道：「先生，你是印度人？印度南部人？要不，你不會叫得出這個很少人知道的名字！」

我一面說，一面又踏前半步，想看清這個人的面目，但是那人卻半轉過身去，小巷中黑暗無比，那人就算面對我，我也不容易看清他，何況只是側對着我。

他的聲音聽來仍然有點急促：「要小心點，奇渥達卡通常不是帶來吉利的靈異，而是兇惡的靈異！」

我對這種警告，自然置之一笑，因為閉塞地區，有許多莫名其妙的禁忌，不足為奇。

我還想說什麼，那人的聲調更急促：「牠有靈異的感應力，一種超人的感應力——」

看來，那人還準備繼續說下去，但是健一的叫聲，已自巷口傳來：「衛君！衛君！你在哪裏？」

我回頭應道：「在巷子裏——」

我一回答，就聽到了急驟的腳步聲，再回過頭來，那人已急急向前走出去，迅速地沒入了黑暗之中。我想追上去，健一已走了過來，拉住了我：「什麼事？你要小心點，東京的晚上，什麼意料不到的事都可能發生！」

我還沒有回答，就接觸到了伏在健一肩頭的小眼鏡猴的那一雙大得異常的眼睛。

小眼鏡猴的眼睛在黑暗之中，發出一種黝綠色的光芒，看來充滿了神秘。在那一剎那間，我想起了那人的話，心頭不由自主，產生了一種震懾的感覺，一時之間，講不出話來。而健一已經拉着我，走出了那條小巷，回到了酒吧。

回到了酒吧之後，向老闆娘問起那人，老闆娘倒很有印象：「這個人啊，第一次來，以前沒有見過。他一來，本來是獨自一個人喝酒的，後來忽然站起，向你們走了過來。他說了什麼？是不是得罪了你們？」

我笑道：「沒有，他看來不像是本地人？」

老闆娘莫名其妙地吃吃笑了起來：「當然不是，是印度人！」

一個印度人，似乎不足為奇，或許他是海員，也或許是商人，總之是一個住在日本的印度人，湊巧知道白色眼鏡猴的珍罕、牠的大名，也知道牠在當地，被當作是靈異的象徵，如此而已，不足為怪。

可是，第二天，當健一和我，又聽到了「一個印度人」這句話的時候，互望着，怔呆了好久，一句話也說不出來。

調查出售磚頭、灰漿的店舖，進行順利。第二天，在健一的辦公室中，一對中年夫婦，走了進來，兩個探員陪着他們，探員道：「這一對夫婦，好像就是我們要找的人。」

健一問道：「請問你們是不是出售過一批磚頭，剛好夠砌一幅三公尺的牆？」

丈夫四十來歲，神情拘束：「是，那是約莫半年前的事。」

妻子卻很大方：「很怪，指定要夜間送貨，送到一個高尚住宅區去，那許多磚頭，也不知是用來作什麼的，又買了灰漿，看來是砌牆！」

健一取出板垣的照片來，問道：「是這個人來買這一批材料的？」

妻子搶先道：「不是，是一個印度人！」

我和健一兩人的反應強烈，健一自他的座位上陡地站了起來，忘了他面前的一隻抽屜正打開着，以致他的身子，「砰」地一聲，撞了上去，令得抽屜掉到了地上，東西散落了一地。

而我則陡然之間一揮手，將桌上的一隻杯子揮到了地上，不但杯子跌碎，茶也瀉了一地。

我們兩人的反應，使得那對夫婦驚訝之極，不知自己說錯了什麼，一時之間，不知如何才好。

我先定過神來，疾聲道：「你說什麼？」

那妻子有點駭然，聲音也不像剛才那樣響亮：「一個印度人！」

她還是那樣說：一個印度人！

在日本，印度人不多，而昨晚，我們才遇到了一個奇怪的印度人，說是巧合，未免太巧合了！

健一緊接着問：「那印度人，什麼樣子，請你們盡量記憶一下！」

那兩夫婦互望了一眼，先由丈夫結結巴巴地形容那印度人的樣子，再由妻子作補充。綜合他們的描述，那只是一個普通的、身形高大的印度人，黝黑、深目，日語說得相當好。

那印度人的要求很怪，但是他願意付額外的運輸費，所以那對夫婦便答應了他的要求。

「當我們運送磚頭到達那幢大廈之際，大廈的管理員幫我們，將磚頭和灰漿搬進升降機去，那是一個很精壯的人。」丈夫回憶着說：「當時他的神情相當緊張，午夜過後，根本一個人也沒有，但是他卻像是怕給人看到他的行動。」

那時的大廈管理員，就是後來在狩獵區「意外死亡」的武夫，果然事情有他一份。

「那個印度人沒有再出現？」健一問。

「有。」妻子回答：「印度人在升降機中等，磚頭和材料搬進了升降機，印度人就不要我們再上去，由他自己按升降機的掣上去，我留意到，升降機在「十一字」上，停留了很久。」

「還有一件怪事，」丈夫又補充：「那管理員催我們快走，而且，他逼不及待地用一大團濕布，抹去磚頭搬進來時在大堂中留下來的痕跡。」

「警官先生，」妻子又好奇地問：「是不是有人在進行什麼違法的事情？和我們可是一點關係也沒有的呵，我們只不過小本經營！」

健一道：「當然，沒有你們的事，不過還需要你們幫忙，再向警方繪圖員說一說那印度人的樣子，好讓繪圖員畫出他的樣子來，我們要找這個印度人！」

兩夫婦連聲答應，健一吩咐一個探員，將那兩夫婦帶出了辦公室。

兩夫婦離開之後，我和健一互望着。那頭白色的小眼鏡猴，自文件架上跳了下來，就伏在健一的頭頂，健一反手撫摸着牠柔順的細毛，就像在撫摸自己的頭髮。

我道：「健一，那堵牆，是一個印度人砌起來的！」

健一翻着眼：「奇怪，印度人砌這堵牆的時候，板垣和他的情婦，在什麼地方？就算印度人能在一夜之間，趁板垣不在的時候砌好這幅牆，及裝了房門，板垣和他的情婦，事後也沒有不發覺之理，何以他們一點也不說？這其中又有什麼秘密？」

我來回踱着步：「秘密一定有，只不過如今我們一點頭緒也沒有。要找那個印度人，不應該是什麼難事，在東京的印度人不會太多吧？」

健一立即拿起了電話，打了電話到有關方面去查詢，不一會，他就有了答案：「記錄上有三千四百多人。」

我道：「那就簡單了，最多一個一個的去找，總可以找得到的！」

健一又反手撫摸着伏在頭上的白色小眼鏡猴：「可是我不明白，那房間，空無所有，似乎一點犯罪的意味也沒有！」

他講到這裏，略停了一停，才又相當顧及我感情地道：「雖然你曾在這間房間中看到過你自己，但——這有點不可理解。弄成這樣神秘，究竟有什麼作用？」

我對「看到了我自己」這件事，沒有作進一步的解釋。事實上，也不可能作進一步的解釋，我要說的，早已說得很清楚了，再說也不會令旁人明白。

我只是道：「這個問題，我想只有那印度人才能給我們回答。至於你說事件沒有犯罪意味，我不同意。因為至少板垣死了，管理員武夫也死了。假定武夫參與其事，事後，被人滅口。而板垣可能也是因為發現了什麼特殊的秘密，所以才招來殺身之禍。」

健一「嗯嗯」連聲：「板垣的情婦，如果也知道這個秘密的話，那麼她——」

我接下去：「她的生命，一定也在極度的危險之中！」

健一又拿起了電話來。

要進行的事很多，得一件一件來敘述。

第一，向意外死亡科調查，是不是有一個二十餘歲的女性意外死亡而屍體還未有人認領，因為板垣的情婦，可能已經遭了不幸。

調查的結果是：沒有發現。

第二，印度人的繪圖，經那對夫婦過目，他們肯定就是這個人。於是，超過二十名以上幹練的探員，取消了一切休息，去找尋這個印度人，但是經過十天之久，仍然沒有結果。不但找不到這個印度人，連認識這個印度人的人都沒有。

那天晚上在酒吧、在小巷子中，由於光線十分黑暗，我和健一都未曾看清這個印度人的樣子，但是酒吧老闆娘的答案，卻十分肯定，她道：「就是這個印度人。」

找尋工作仍在繼續。

第五部

我拼湊的故事和「猴子爪」的傳説

第三，向板垣的妻子貞弓，又作了一次訪問。

我們先確定了建築材料行售出磚頭的日期，再假定板垣在事前完全不知道有這件事，估計他事後發現。任何人在發現自己與情婦的幽會之所，發生了這樣怪異的變化之後，一定會感到極度的震驚，作為妻子，應該可以感到丈夫的這種震驚。所以我們要去拜訪板垣夫人貞弓。

正如健一所說，板垣夫人確然有大家風範，一絲淡淡的哀愁、一點也不誇張，她招呼我們坐了下來之後，反而先向我們道歉：「為了我丈夫的事，一再麻煩你們，真是太過意不去了！」

健一和她客氣了幾句，問道：「大約在半年之前，板垣先生是不是有什麼特別的表現，例如很吃驚、神情不安等等？」

貞弓側着頭，想了片刻，才道：「沒有，我記不起有這樣的情形。」

她在回答了健一的問題之後，過了一會，才以一種看來好像是不經意的態度反問道：「是不是在調查的過程中，有了什麼別的發現？」

健一向我望了一眼，正準備開口，就在這時，躲在健一上衣懷中的那頭白色小眼鏡猴，忽然探出了頭來，坐在健一對面的貞弓，陡然嚇了一跳，但隨即鎮定了下來：「多麼可愛的小動物！」

健一反倒有點不好意思，一個嚴肅的警方辦案人員的上衣之中，忽然鑽出了一頭小動物來，總不是太有身分的事，他用力想將小眼鏡猴的頭按回去，可是不成功，小眼鏡猴反倒爬了出來。健一的神態更尷尬，看他在不知如何是好之際的樣子，我也覺得很有趣，我解釋道：「這是產自南印度的一種十分珍罕的猴子，尤其是白色的變種，更少見！」

我本來是隨口說說，希望替健一掩飾窘態，可是當我說了之後，貞弓忽然發出了「啊」的一下低呼。

在一個注重儀態的人而言，這一下低呼，可以算是失禮。但貞弓在低呼了一下之後，全然未曾發現自己的失態，立即陷入了一種沉思之中。

我和健一都看出了這一點，互望着，貞弓這樣的神態，分明在突然之間想起了什麼。她究竟想起了什麼呢？是什麼啟發她想起了一些事？如果說是這頭白色小眼鏡猴，這未免不可思議，因為在白色小眼鏡猴和板垣之間，不應該有任何聯繫。

我們並不去打擾她，貞弓也沒有想了多久，便現出了一個充滿歉意的笑容：「對不起，我忽然想起了一些事！」

我和健一「嗯」地一聲，並沒有催她。貞弓停了片刻，又道：「大約在半年前，有一晚，板垣回來，將近午夜了。一回家，就進入書房，我披着衣服，去看他，看到他正在書架前，一本一本書在翻看，他看到了我，就說：『明天，替我去買幾本有關猴類動物的書來，要有彩色圖片的那種！』」

我和健一互望了一眼。板垣的要求，的確相當古怪。一個事業相當成功的企業家，怎麼會對猴類動物，忽然產生興趣來的呢？

貞弓繼續道：「我答應着，他又說道：『盡量揀印度出版的猴類書籍，專門性的也不要緊。還有，專講一種猴，叫眼鏡猴的，也要，明天就去買！』」

貞弓講到這裏，要不是主人的神態如此優雅，我和健一一定會跳起來。

板垣不但對猴類有興趣，而且指定是印度的猴類，指定是小眼鏡猴！

健一忙問道：「後來，可買了？」

貞弓道：「買了，一共買了七本。」

我問：「板垣先生沒有說要來有什麼用處？他想研究什麼？」

貞弓道：「他沒有說，我也沒有問。」

健一道：「那些書呢？」

貞弓道：「還在他的書房，他……過世之後，我還未曾整理他的書房，兩位請原諒，每當我在書房門口經過，我就不想推門進去！」

她說到這裏，眼圈有點變紅。我和健一忙安慰了她幾句，健一提出了要求：「夫人是不是能帶我們到板垣先生的書房去看一看？」

貞弓遲疑了一下：「有必要嗎？」

我和健一堅持：「無論如何，要請你給予方便！」

貞弓輕歎了一聲，站了起來：「兩位請跟我來！」

我和健一忙站了起來，書房在離客廳不遠處，經過一條短短的走廊，是一個穿堂，穿堂的一邊，是一扇通向花園的門，另一邊，是一扇桃木雕花門，那當然是書房的門了。

貞弓來到書房的門前，先取出了鑰匙來，再去開門，當她開門的時候，我和健一兩個人都呆住了。在那一剎那間，我們兩人的心中實在有說不出來的奇訝！

書房的門很精緻，雕着古雅的圖案。和所有的門一樣，一邊（右邊），有着門柄，門柄上有鎖。可是貞弓在取了鑰匙在手之後，她卻不伸向右邊的門柄，反倒伸向左邊，移開了一片凸出的浮雕，露出了一個隱蔽的鎖孔來。

貞弓將鑰匙插進了那個鎖孔之中，轉動，門打開了，門以相反的方向打開，裝有門柄的右邊，反倒裝着鉸鍊。那情形，和板垣秘密處所的那間怪異的房間一模一樣！

或許由於健一和我的神情太怪異了，當貞弓打開門，請我們進去的時候，注意到了這一點，她解釋道：「這扇門是反裝的，這是一種防盜措施。如果有小偷，他想不到門是反裝的，一定會在門柄的那一邊，想將門弄開，就無法達到目的！」

我和健一「哦哦」地應着，我問道：「這的確是一個……很好的辦法，人家不容易想得到，請問，這是誰的主意？」

貞弓道：「是我的主意，倒叫兩位見笑了。事實上，板垣生前，不很喜歡這樣，他經常用力撼着有門柄的一邊，抱怨太費事！」

健一道：「是啊，習慣上，總是握着門柄打開門的——請問，這種裝置，有多久了？」

貞弓道：「自從我們搬進來時，已經是這樣了，大概有……對，有足足六年了！」

我和健一互望了一眼。

這種反裝的門，利用一個門柄來作掩飾，使不明究竟的人打不開，畢竟很少見，可是板垣的書房，卻是這樣。那奇怪的房間，也是這樣！

我一想到這裏，心中又不禁陡地一動：板垣的書房！這裏，是板垣的書房，在那幽會地點的那間怪房間，又何嘗不是板垣的書房？

如果板垣習慣於書房的門反裝，那麼，怪房間有反裝的門，是不是板垣的主意呢？如果是的話，那麼，砌那堵怪牆，也應該是板垣的主意了？

而我的假設，是板垣不知道有這件事發生的，看來假設不能成立了！

那麼，板垣和那個印度人之間，又有什麼聯繫呢？

我心頭一下子湧上了許多問題，那使我的行動慢了一步，直到貞弓和健一進了書房，健一叫了我一聲，我才如夢初醒，跟了進去。

板垣的書房相當寬敞，很整齊。如果貞弓在出事之後未曾整理過的話，那證明板垣並不是經常使用書房的人。經常使用的書房，不可能維持得這樣整齊。

果然，貞弓的話，證明了我的推測，她道：「我丈夫不常進書房，他在家的時間本就不多，他對讀書也沒有特別的興趣，書房只不過是聊備一格，所以，也不會有什麼重要的文件留在書房中。」

健一道：「我們只想看看那幾本關於猴類的書籍。」

貞弓在書架前找了一會，又轉過身來，才指着一張安樂椅旁的一個小書架：「看，全在這裏。」

這種小書架，有着輪子，可以隨意推動，專為方便看書的人放置隨時要翻閱的書本，小書架上有七八本書，我先走過去，看那些書。

果然，全是些有關猴類的書，大都有着十分精美的圖片，書還十分新，看來只是約略地翻過一下。

不過，其中有一本，專講印度南部所產的珍罕猴類，卻顯然看過了許多遍，其中有幾頁，還被撕走了。從目錄上來看，撕去了的幾頁，專講眼鏡猴。

健一立時記下了書名，我再巡視了一下板垣的書房，書架上的書，大都很新，沒有什麼特別值得注意之處。

我們離開了書房，向板垣夫人貞弓告辭。

在回到警局的途中，我和健一的心中，全都充滿了疑惑。在車子經過書局的時候，就停了車，一起進入了書局。

「真是怪不可言！」健一發表他的意見。

我也覺得怪不可言，那是我們知道被撕下來的幾頁中講的內容之後的感想。

那幾頁，是相當專門性的記述，記述着眼鏡猴這種小動物的生活情形，也有不少圖片。其中有一節，是說及這種小眼鏡猴，有白色的變種。白色的小眼鏡猴，當地土人稱之為「奇渥達卡」，意思是靈異的象徵。傳說中有使人可以達到三個願望的猴子爪，就是這種「奇渥達卡」的右前爪，也只有「奇渥達卡」的右前爪，才有這種神奇的力量。

記述中還說，這種白色的小眼鏡猴，極其罕有，記載中有因可循的，只有在三百餘年前，曾有一頭被發現，立即被送到當時統治印度南部大片土地的一個土王手中，這位土王就依照了傳統的方法，將白色眼鏡猴的右前爪砍了下來，製成了可以表現靈異的「猴子爪」。

這位土王，後來是不是藉此獲得了神奇的靈異力量，並無記錄：所謂「傳統的方法」，究竟是什麼方法，也沒有記述。倒是有一頁插圖，是這位印度土王的宮殿。照片自然是近期攝製的，原來巍峨而金碧輝煌的宮殿，已經極其破敗。

「哈哈！」健一一面笑着，一面伸手握住了那白色眼鏡猴的右前爪：「我倒不知道這種猴子的爪，可以有這種神奇的力量！」

他說了之後，又一本正經地道：「求你施給我第一個願望實現，讓我解開板垣一案中所有的謎！」

我笑道：「別傻氣了，你沒看到記載？要照傳統的方法來製造過，並不是活的猴爪，就能給你實現願望！」

健一也笑了起來：「如果真有可以實現三個願望的靈異力量，你的第一個願望是什麼？」

我笑道：「我才不會像你那麼傻，我的第一個願望是我要有無數的願望！」

我和健一都大笑了起來，我道：「這本書的作者是——」

我一面說，一面看着書的扉頁，一看之下，我「啊」地一聲叫了起來：「就是他！」

健一瞪着眼：「他？他是誰？」

我指着小眼鏡猴：「這頭小猴子，就是他交給我的，是我在印度遇到的那位動物學家，書是他寫的！」

健一忽然沉思了片刻：「由此可知，這位動物學家對自己所寫的東西，也完全不信。要是『奇渥達卡』的右前爪，真能叫人達成三個願望的話，他如何肯交給你？」

我道：「當然，那只不過是傳說而已，誰會真信有這樣的事！」

健一皺起眉：「可是，板垣將這些記載撕了下來，是為了什麼？」

我來回走了幾步，突然之間，我有豁然開朗的感覺，我站定身子，揮着手：「你聽着，我已經有了點眉目，我可以將一些零星的事拼湊起一個故事來！」

健一將身子全靠在椅子上，又將椅子向後翹了起來：「好，聽聽推理大師如何編造合理的故事。」

我講出了我「拼湊」起來的故事。

有一個不務正業的印度人，熟知有關「奇渥達卡」的傳説。這個印度人遇上了一個日本企業家板垣，向板垣説起了這個傳説。

「可以達成三個願望」，這是極度誘惑人的一件事，古今中外不知道有多少傳説環繞着這種靈異力量而來。

於是，這個日本企業家相信了印度人的游説，認為印度人可以給他這種力量。印度人當然提出了種種條件，例如，要一個幽靜的地方，日本企業家就利用了他和情婦幽會的場所中的一間房間。

印度人又可能提出，要製造有靈異力量的猴爪，一定要進行某種形式的秘密宗教儀式，或是某種巫術的過程，不能被任何人看到。所以板垣就在那房間之中，砌了一道牆，又將門反裝，來使儀式運行的過程，保持高度的秘密，不為人所知。

板垣一直在期待「猴子爪」的成功，他當然失望了，因為根本不會有這種事出現，於是，印度人的真面目暴露了，事情就不歡而散……

我推測而成的故事相當簡單，也最好地解釋了那間怪房間的由來。可是健一卻一面聽，一面搖頭，道：「太失望了，這算是什麼推理？」

我有點氣惱：「這解釋了那怪房間的由來！」

健一歎了一聲：「板垣死在職業槍手之手，你不會以為印度人在面目暴露之後，花那麼高的代價來僱請一個職業槍手殺死他要欺騙的對象吧？」

我瞪着眼，為之語塞。印度人當然不可能花大錢去僱職業槍手，因為假設他行騙，所得也不會太多，沒有一個騙子肯作蝕本生意的。

健一又毫不留情地攻擊我：「其次，管理員武夫的死呢？為了什麼？」

我又答不上來。

健一再道：「還有，那房間是由裏面拴上的，什麼人可以在拴上了門之後再離開房間？而且，你曾看到過極奇異的現象，為什麼在你的故事之中，全被忽略了？」

我無可奈何，只好揮着手：「好，算了，算我沒有講過這故事。但是有一點必須肯定，板垣一定對『猴子爪』的傳說，發生過興趣！」

健一一副不感興趣的樣子，就在這時候，一個年輕探員，探進頭來，報告道：「失蹤科的人說——」

他才說了半句，健一已經陡地吼叫起來：「我已經夠煩了，別再拿失蹤科的事情來煩我，走！」

年輕探員給健一大聲一呼喝，顯得手足無措，不知如何是好，我看他的情形，像是有重要的事情要向健一報告，就向他招了手：「進來再說！」

健一狠狠瞪了我一眼，年輕探員走了進來，向我行了一禮：「失蹤科的資料，有一個叫雲子的歌星失蹤十多天，從照片上看來，倒很像是板垣一郎的情婦！」

健一聽到這裏，直嚷了起來：「為什麼早不說？」

年輕探員也沒有分辯，只是連聲道：「是！是！」

健一又呼喝道：「那個失蹤的雲子的照片呢？在哪裏？」

年輕探員忙送上一個大信封，健一逼不及待地自信封內取出照片來。照片上的女子相當美麗，有着尖削的下顎，靈活的眼睛，健一將照片放在板垣情婦的繪圖旁邊，取起一支沾水筆來，在照片上塗着，畫上一副很大的黑眼鏡，然後，向我望來。

我立時點頭道：「不錯，是同一個人！」

健一的神情顯得極其興奮：「正確的失蹤日期！」

年輕探員立刻說出了一個日子，那正是板垣橫死的那一天。

健一更加有興趣，大聲叫道：「把有關雲子的所有資料，全部拿來！快！」那年輕探員也大聲答應着，轉身奔了開去。健一不住搓着手，我忍不住道：「不必太興奮，你應該知道，她失蹤了很久！」

健一充滿了自信，説道：「只要知道了她是誰，就能把她找出來！」

我本來還想説：「要是這個叫雲子的女子，已經死了呢？」可是我沒有説出口來，怕掃了健一的興致。

雲子的一切資料，由失蹤調查科轉到了我和健一的手中，但是健一的行動十分快，資料到手之際，我們早已經在雲子的住所中了。

雲子的住所，在東京一個普通的住宅區，面積很小，只有十五平方公尺左右，也無所謂廳或房的分野，用幾度屏風巧妙地分隔開坐的地方和睡的地方，有一個小的廚房，和一個小小的浴室。

住所中相當凌亂，衣櫥打開着，有很多衣物，不合季節的，全散落在地上，有幾隻抽屜也打開着。這種情形，任何略有經驗的偵探人員，一看就可以知道，屋主人在整理行裝離開的時候，極其匆忙。

失蹤調查科的一個探員和我們一起來的，他一推開門，就道：「這裏的情形，自從我們第一次進來之後，就維持原狀。」

健一「嗯」地一聲，四面看着，隨便翻着一些什麼：「她走得匆忙，是誰發現她失蹤來報案的？」

調查科的探員道：「是她的經理人，一個叫奈可的傢伙。」

探員對於雲子的經理人的口氣似乎不是很尊敬，只稱之為「那傢伙」，可以想像，那傢伙不是什麼值得尊敬的人。

正當那探員說出「奈可的傢伙」之際，外面走廊中傳來了一陣叫嚷聲，有人在叫道：「幹什麼？又不是我生出來的事？你們警察的態度能不能好一點！我是納稅人，好市民！」

那探員皺了皺眉：「奈可這傢伙來了！」

門推開，一個穿着花花綠綠的上衣，長髮披肩，褲子窄得像是裹住了太多肉的香腸，口中嚼着香口膠，年紀已在三十以上的傢伙，一面聳着肩，一面搖擺着身子，走了進來。一進來，就抬起一隻腳，擱在一張圓凳上，眼珠轉動着，打量着屋中的人，一副滿不在乎的神氣。

看到了這樣的一個人，我自然明白了那探員為什麼用「那傢伙」三個字去形容他，這種人的確相當令人討厭，大都有一個什麼夜總會，或是什麼酒吧的「經理」的銜頭，究竟他們靠什麼過活，似乎永遠不會有人知道。我只是冷冷地觀察他，並沒有出聲。可是健一顯然沒有我那麼好耐性。

他向奈可走去，來到了他的身邊，在奈可還來不及有任何準備之前，一抬腳，踢開了奈可踏着的那張圓凳。

這個動作，令得奈可的身子在驟然之間失去了平衡，幾乎一跤跌了下來。但健一立時抓住了他的衣服，將他拉了回來，狠狠地盯着他：「聽着，我現在要問你的事，關係三個人的死亡，其中還有一個是警探。如果你不想自己有麻煩，我問一句，你答一句！」

奈可嚇得臉色發白，看他的樣子，還想抗辯幾句，力充自己是有辦法，不會被人輕易嚇倒的人。他一面轉動眼珠，一面還在大力嚼着香口膠。

可是健一話一說完，立時伸手，在他喉嚨上捏了一下，又在他的頰上，重重一拍，那一下動作，令得奈可的喉間，發出了「咯」的一聲響，將他正在嚼着的香口膠，一下子吞了下去。我再也想不到日本的警探這樣粗暴，而健一的手法是如此之純熟，他顯然不是第一次幹同樣的事了！

看到奈可吞下了香口膠之後那種無可奈何的神情，我忍住了笑。

健一又伸手在奈可的肩頭上拍了一下：「你是怎麼發現雲子失蹤的？」

第六部

失意歌星、她的經理人和可怕的叫聲

在奈可說到他如何發現雲子失蹤的情形之前，有必要先將已知的雲子的資料，介紹一下。雲子在整件撲朔迷離、結局又全然出乎意料之外的事件中，所佔的地位十分重要，所以請留意。

這裏先介紹的是文字上有關雲子的資料，刻板、簡單，也不夠生動。後來，在不少人的口中又了解到的資料，比較詳盡，可以作為補充，也請留意。

大良雲子，女，二十四歲，靜岡縣人。父母早已離異，自小由母親撫養長大，十五歲，參加一項歌唱比賽得冠軍，由此以唱歌為業，十八歲來東京。

來東京後，一直浮沉歌壇，成為第三流的職業歌星，到二十三歲，突然輟唱。到東京後的第三年，由一間夜總會的經理奈可作經理人，曾在電視台演唱一次，未受注意。

在東京，像雲子這樣的「女歌星」，數以千計。其中，能冒出頭來，成為紅歌星的，萬中無一。

大良雲子的資料就是那麼簡單，公文上硬梆梆的記載，可以說是千篇一律。但即使是在這樣的記載之中，也可以看出一個少女，從小地方來到東京這樣的大都市，掙扎浮沉的辛酸遭遇。

雲子演唱的地方，全是些格調不高的娛樂場所，在這樣的場所過夜生活，一個少女所受到的欺凌和侮辱，可想而知。

當我和健一看到這份簡單的資料之後，互望了一眼，口中都沒有說什麼。我們心中所想的卻全一樣：這是一個大都市中的悲劇。雖然這種悲劇，在大都市每天都有幾千宗，但心中總有一股不舒服的感覺。

當健一用他的熟練動作，令得奈可這傢伙乖乖地坐下來，瞪大着眼，甚至變成了一副乞憐的神情之際，健一開始發問了。

健一問：「你是怎麼發覺雲子失蹤的？」

奈可吞了一口口水，發出「咯」的一下奇異的聲音：「雲子每隔幾天，一定要和我聯絡一下——」

健一打斷了他的話頭：「你是她的所謂經理人？她根本已經不唱歌了，

你還和她聯絡幹什麼?」

奈可現出一臉受到極度委屈的神情來:「我們是好朋友,雲子在東京,一個親人也沒有,我們是好朋友。而且我一直認為她的歌唱得極好,雖然比不上山口百惠,我的意思,她專唱日本的古典歌曲,可以比得上……比得上……」

他在竭力思索一個名歌手的名字,健一已揮手打斷了他的話題:「揀重要的說!」

奈可大聲答應了一下:「是!我一直在替她找地方演唱,她有唱歌的天份!她不應該不唱下去!她也將我當朋友——」

健一一點也不客氣地道:「朋友?你的意思是,她時時肯借錢給你?」

奈可陡地站了起來,漲紅了臉,看他的樣子,像是想辯白什麼,可是終於沒說什麼,就坐了下來。

他坐下來之後,垂着頭:「是的,她經常借錢給我,我也從沒有還過,可是,我們真是朋友。」

這傢伙坦然承認了這一點，倒令得我和健一都對他有另眼相看之感。健一對他的態度，也溫和了許多，拍着他的肩，問道：「說下去，你怎麼發現她失蹤的？」

奈可道：「我和雲子的關係，就像是兄妹，她有什麼不高興的地方，心情悶鬱的時候，一定向我傾訴，我最後一次見她，是在大半個月之前，那天晚上，她忽然闖進了酒吧來，叫了一大杯烈酒，在我發現她的時候，她已經喝完了這杯烈酒！」

奈可講到這裏，抬起頭，向我和健一兩人望來。奈何的臉上，有着一種極度的迷惘。這種人，給人的第一個印象，一定不佳。但是這種混迹江湖的小人物，為了生活，固然必須使用許多卑劣的手段，也往往有他們良善的，好的一面。

奈可這傢伙，就是這樣的一個江湖小人物。

他停了片刻，講述那次在酒吧中和雲子見面的經過。

酒吧是低下級的酒吧，酒吧中女侍應的服裝，暴露而性感。當女侍應走來走去之際，顧客肆無忌憚地摸她們的屁股和捏她們的大腿，女侍應也像是口中裝上了固定的錄音帶一樣，每遇到這種情形，就會吐出幾句打情罵俏的話，令得動作粗魯都已半醉的酒客，轟然大笑。

這樣的一間酒吧，本來是絕不會有單身女客來光顧的，就算有，在門口也一定被守門人擋駕了。可是雲子卻可以進來，因為守門人認識她是奈可的朋友。

雲子從計程車一下來，就「掩着臉，直衝進了酒吧」——這是守門人當時對雲子的印象。

而酒保則說：「雲子小姐一進來，仍然用雙手掩着臉，用相當嘶啞的聲音道：『給我一杯烈酒，雙份，不，三份的！』」

酒保感到有點訝異。雲子平時很少喝烈酒，但酒保還是照雲子的吩咐，給了她一杯三份的美國威士忌。

「雲子小姐幾乎是一口就將酒吞下去的，」酒保說：「這種酒的酒質不很好，一個大男人也難以一口吞下這麼多，可是雲子卻一口吞了下去，她立時嗆咳了起來，淚水直流……不過……不過我感到她在進來時，雙手掩着臉，就是因為她早已在流淚的緣故。我剛想去扶她，奈可先生就來了。」

奈可在這間酒吧工作，名義是「經理」。奈可來到的時候，雲子滿面淚痕，身子搖晃不定，可是她還能認出奈可來，一看到奈可，就撲了上去，摟住了奈可。奈可忙道：「雲子，什麼事？什麼事？」

雲子沒說話，只是發出一連串如同抽搐的聲音來。奈可忙扶着她，來到一個角落的一個座位上，坐了下來。

酒吧中十分混亂，到處都是半醉或大醉的人，音樂又嘈雜，誰也不會注意一個喝了酒的女人被人扶着走。

在這裏必須說明的是：奈可告訴我們的話，事後都曾經尋訪所有有關的人來求證，所以敘述是綜合性的，都得到了證實。

奈可扶着雲子坐下來之後，雲子的雙臂，仍然不有離開奈可的頸。奈可這傢伙，對雲子倒真有一份兄妹的感情，他拍着雲子的背：「別哭，有什麼事，只管向我說，只管說！」

雲子抬起頭來，她的眼部，本來有着十分濃的化粧，這時因為淚水模糊，令得藍色的、金色的化粧品，全都順着淚水淌了下來。她抬起頭來之後，嘴唇顫動着，半晌出不了聲，才陡地尖叫了起來：「太可怕了！」

健一、我和幾個探員，事後盡一切可能，探訪了那晚在酒吧中的人，包括顧客、職員在內，甚至包括了一個當時已經推門而出的客人。從這個客人的敘述中，可以知道雲子當時的這一下叫聲，如何尖厲和驚動了全場。

「我推門出去，門已在我的身後關上。酒吧中本來極其熱鬧，」那個客人說，他是一間公司的高級職員，好喝酒，酒量極宏，當時並沒有喝醉：「在門關上之後，酒吧中的喧鬧聲已經不怎麼聽得到了，可是我還未曾跨出一步，就突然間聽到有一個女人的尖叫聲，在叫道：『太可怕了！』」

那客人講到這裏時，略停了一停，才又道：「我一聽到這樣的叫聲，立時一個轉身，又推開了酒吧的門。我來過這家酒吧超過一百次，從來也沒有經歷過這樣的奇景！酒吧中滿是人，可是靜得一點聲音也沒有！完全像是無聲電影！

「所有人的頭，都轉向一邊，望着酒吧的一個角落，酒吧中煙霧迷漫，燈光又黑，我在門口向那個角落看過去，什麼也看不到，不過我也可以知道，那一下尖叫聲，是從那個角落，由一個女人所發出來的。

「雖然我不知道這個女人為什麼會發出『太可怕了！』的叫聲，可是在她那下叫聲的感染之下，我真的感到可怕，甚至不由自主發着抖。我相信全酒吧的人，都像我一樣，所以才會突然之間，變得鴉雀無聲，那樣寂靜！」

以上，是那個客人的敘述。

奈可的敘述，大致相同。在雲子發出那一下叫聲之際，整個酒吧中，離雲子最遠的，是那個已走出了門的客人，而離雲子最近的，則是奈可。

「我真的給她的叫聲嚇壞了！」奈可說起來時，猶有餘悸。接着，又裝成很膽大的樣子，挺起了胸：「你知道，我絕不是一個膽子小的人！」

健一叱道：「少廢話，說下去！」

奈可接連說了幾聲「是」，又道：「她那一下叫聲是這樣尖厲，我從來也不知道雲子能發出這樣高而尖的叫聲，雖然她在演唱的時候，以能唱出極高的音階而著名，但是這一下尖叫聲實在太驚人了，我的身子不由自主發抖，一剎那間，像是耳膜已被震破，什麼也聽不見了。後來我才知道我的耳膜沒有破，聽不到聲音，是因為整個酒吧間，忽然之間，全都靜了下來。」

健一又叱道：「這些我們全知道了，雲子為什麼要這樣叫，她遇到了什麼可怕的事，快說下去！」

奈可現出極憤怒，但又不敢發作的神情來，望着健一，額上的筋也現了出來。我忙道：「你讓奈可先生慢慢說！」

奈可一聽得我幫助他，連連向我鞠躬：「多謝，太多謝了！先生，你才是君子！」

他公然罵健一，幸而健一急於想知道雲子為什麼要這樣叫，沒有和他計較，只是悶哼了一聲，不然，只怕奈可又要吃不少苦頭。

奈可繼續道：「我看到這樣情形，更加吃驚，忙道：『看，看你做了些什麼？』」

奈可當時的語氣，略帶責備，因為雲子在突然之間發出了這樣驚怖的叫聲，在公眾場合十分失禮。

雲子的身子劇烈地發着抖，像是在篩糠，以致奈可要用力抓住她的雙臂。在整個酒吧中的人，還未曾因為剛才一下驚叫而恢復常態之際，雲子反倒已迅速鎮定了下來，擺脫了奈可抓住她手臂的手，用正常得近乎出奇的聲音和神態，向各人行着禮：「對不起，驚動各位了，真對不起，我一時失態，驚動各位，真對不起！」

她一面說，一面已向外走出去，等到酒吧中充滿了竊竊私議之聲，奈可定過神來，要去追雲子時，雲子已經快到門口了。奈可忙追上去，叫她，雲子轉過頭來，向他看了一眼，並沒有停止，繼續向前走，奈可感到雲子的情形有點反常，推開了幾個人，追了出去。可是雲子已經走了出去，等到奈可推門出去時，雲子已經不見了，雲子可能是一出門，就上了計程車，走了。

「自從這次看到她之後，一直到現在，我沒有再見過她。」奈可說。

健一滿面怒容，拍着桌子：「混帳東西！你明知道她這樣不正常，竟然追不到她就算了？你又不是沒上過她的住所，為什麼不追到她家去？」

奈可受了這樣嚴厲的責罵，這次，並沒有反抗，反倒現出十分懊喪的神情來：「是的，是我不好。不過事後，在過了大約半小時，我估計她已經回家，曾撥電話到她家去，電話一直不通，這證明她已經安然到家了。」

奈可報案之後，破門而入的失蹤調查科探員宣稱，他進入雲子的住所之際，電話的聽筒，是放在電話座上的，並沒有離開電話座。

「我想她可能是最近有不如意的事情，所以情緒才會如此激動，所以也沒有怎麼放在心上。」奈可解釋着：「此後，每天我都打電話去，電話都不通，到了第三天，我覺得情形不對，就上門去找，拍門沒有人應，我才着急起來，連忙報警，當時，我只以為……以為……」

奈可遲疑着沒有講下去，健一道：「你以為什麼？以為她自殺了？」

奈可點頭道：「是，我以為她自殺了，心中很害怕。」

三天電話打不通，如果當晚雲子在酒吧發出驚呼之後，回家，打電話，然後匆忙離家，那麼這個電話就十分重要。

這樣的匆忙，是不是和她在酒吧高叫「太可怕了」有關係呢？

健一冷笑一聲，問道：「你為什麼以為她會自殺？是不是和你說過，她情緒最近很不穩定有關？雲子的情緒，為什麼會不穩定？」

健一的問題十分尖鋭，但奈可也一副問心無愧的樣子：「我想是男女之間的事。她已經有將近半年沒有演唱，可是生活得還是很好，最近，甚至更換了一架較大的紅外線遙控的彩色電視機。」

我皺着眉：「你沒有問雲子她的經濟來源？」

健一向我冷冷地道：「他這種人，怎會問？他明知雲子的經濟來源。像雲子這樣的女子，不工作而能維持生活，除了當情婦之外，難道是賭博贏了彩金？他這種人不會問，最好雲子有人供養，那麼他就可以不斷向雲子借錢！」

健一的話中，對奈可的那種鄙夷之極的語氣，令得奈可的臉，變得血紅，而且緊緊地捏住了拳頭。

可是健一還是不肯放過奈可，他斜着眼，向奈可望去：「我說得對不對，奈可先生！」

他拖長了聲音叫出「奈可先生」，語氣之中，沒有絲毫敬意在內。

奈可顯然已經到了可以忍受的極限，他大吼一聲，一躍向前，一拳向健一打去。我立時伸手，抓住了奈可打出的那一拳：「奈可先生，毆打警方人員，罪名不輕！」

奈可氣得不住喘着氣，我轉向健一道：「你這樣有什麼好處？奈可先生正在幫助我們，提供雲子的資料！」

健一呆了半晌，才道：「對不起！」

他在說「對不起」的時候，既不是望着我，又不是望着奈可，也不知道他是在向什麼人道歉。

奈可的神態平靜了下來，我道：「雲子被人收養了當情婦，這件事，你一點也不知道？」

奈可苦笑了一下：「怎麼會一點不知道？猜也猜到了！正如他……健一先生說，像雲子這樣的少女，不工作而可維持舒適的生活，除了受有錢人的供養之外，還有什麼路可走？我過了多年夜生活，這種情形，實在看得太多了！」

我也感到了奈可話中苦澀的意味，不由自主歎了一聲，大都市中，這種情形，實在是太多了，多到寫不完。

奈可又道：「我曾經問過雲子，她支吾其詞，一點也不肯說，我也曾調查過，可是卻查不出什麼來。」

奈可講到這裏，忽然反問了一句：「請問，供養雲子的是誰？」

健一道：「是一個叫板垣一郎的企業家。」

奈可陡地伸手，在大腿上重重拍了一下，道：「那就簡單了，一定是板垣這個傢伙，秘密帶着雲子去旅行了！」

健一瞪了奈可一眼：「板垣一郎已經被人槍殺了！」

奈可震動了一下，張大了口，半晌出不了聲，才道：「那……是什麼時候的事？」

健一道：「算起來，是雲子在酒吧中高叫的第二天！」

奈可的口張得更大：「那……那麼，是不是雲子——」

健一揮着手：「當然雲子不是兇手，殺板垣的，是一個第一流的職業殺手，雲子也請不起這樣的殺手！」

奈可這傢伙，居然不是全無腦筋的人，他立時道：「不論怎樣，板垣的死，和雲子一定有關係。雲子那晚在酒吧中，發出如此可怕的叫聲，只怕也和板垣的死有關！」

健一和我互望了一眼，奈可的話，正是我們心中所想的話。

可是，雲子究竟遇到了什麼可怕的事，才會發出這樣可怕的叫聲？這個問題，只有雲子一個人可以回答，而雲子卻失蹤了！

我提醒健一：「那一天晚上，雲子和板垣兩人，是不是有幽會？」

健一取出一本小本子來，翻着：「沒有，這一天晚上，板垣和他的妻子一起去參加一個宴會，宴會的地點是──等一等，等一等──」

健一像是忽然想到了什麼似的，但隨即又揮了揮手：「我想這是無關重要的，那天晚上的宴會地點，和板垣的家隔得相當遠，要經過他們幽會的那個地方！」

我攤手道：「板垣的膽子再大，也不敢有妻子在旁，停車到幽會地方去的！」

健一笑了起來：「那當然不敢，不過在車子經過的時候，抬頭向幽會的場所看上一眼，只怕免不了！」

我不經意地道：「看上一眼又怎麼樣？那和以後發生的事，一點關係也沒有！」

健一點頭，同意我的說法。

板垣一郎在走出辦公室的時候，心情不愉快。

板垣的不愉快，來自雲子，他們有一個秘密的約會地點，昨天晚上，板垣在十一時左右，經過那地點，看到窗簾之後，有燈光透出來。

那地方不應該有人！因為他和雲子今晚並沒有約會！

板垣當時，在經過幽會地點之際，偷偷望上一眼，這是我和健一兩人的推測，而且我們相信，這個推測是事實。

每一個男人，都會這樣做。但是我和健一兩人，卻也一致認為，板垣的這一個動作，和以後發生的事，不會有什麼關係，我們幾乎立即就忘記了這件事。

當然，在相當時日之後，當謎底一層一層被揭開的時候，我們都明白了板垣當時，懷着秘密心情的那一望，實在關係是相當重大！

健一道：「雲子那晚，單獨在家，她進酒吧的時間，是十一時三十分左右？」

奈可道：「是的。」

健一又道：「好，那可以假定，雲子一個人在家裏，遇到了一件相當可怕的事情，所以離開了家，到酒吧去——」

健一講到這裏，奈可就道：「不對！」

健一怒道：「什麼不對？」

奈可道：「雲子的住所，離酒吧相當遠，她要是遇到了什麼可怕的事，應該在離家之後，到那個警崗去求助，你們看，就在街角，有一個警崗！」

奈可指向窗子。我向外望去，果然看到街角就有一個警崗。奈可的分析很有道理，如果雲子是在這裏遇到了可怕的事情，那麼，她應該立即到警崗去求助，而不會老遠跑到酒吧去高叫的。

健一雖然有點不願意的神情，但是看來，他也接受了奈可的解釋。

健一問道：「你那家酒吧，在什麼地方？」

奈可說出了一個地名，即使是對東京不很熟悉的我，也不禁「啊」地一聲叫了出來。那酒吧，就在雲子和板垣幽會場所的附近！

健一顯然也立時想到了這一點，因為他一聽之下，也怔了一怔，立時向我望了過來，我們兩人一起伸出手來，指向對方：「雲子是在——」

健一揮着手：「不對，那天板垣不在，雲子一個人去幹什麼？」

我道：「雲子可能一個人在家，覺得苦悶，所以到那地方去，可是卻在那地方遇到了可怕的事！」

健一仍搖着頭：「也不對，那地方是她幽會的地點，她去了不知多少次了，有什麼可怕的事會發生？」

我道：「別忘了那地方有一間怪房間！」

我和健一這幾句對白，奈可當然不會明白，所以他只是充滿了疑惑，望着我們。

健一喃喃地道：「嗯，那怪房間。」

我道：「盡一切力量去找雲子，我們無法猜測雲子究竟遇到了什麼可怕的事，除非找到了她，由她自己說！」

健一忽然向我望來，目光古怪，欲言又止，終於道：「雲子……雲子她是不是也在那間怪房間中，看到了她自己？」

我震動了一下。我一直不願意再提起我在那怪房間中看到了「我自己」這件事。因為這件事，根本無法解釋。而每次我提起時，健一也總是抱着懷疑和不信任的態度。有幾次，甚至明顯地有着嘲弄的意味。所以，在可以有合理的解釋之前，我不願再提起。

可是這時，健一卻提了出來！

健一不但提了出來，而且他的態度十分認真，一點也不像是在調侃我！

我呆了片刻，才道：「誰知道，或許是！」

健一伸手撫着臉，聲音很疲倦：「可是，離開酒吧後，她上了哪裏去了呢？」

第七部

書房中的哭聲和陌生人的電話

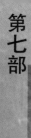

雲子在離開了酒吧之後，立即登上了一輛計程車，向司機説出了她住所的地址，車子迅速向前駛着。

雲子在車子疾駛期間，心一直在劇烈地跳動着。當晚所發生的事，對她來説，簡直就如同是一個可怕之極的噩夢。

事情開始沒有什麼特別。當天下午三時，她如常在家，電視節目很沉悶，她關掉了電視，放了一張唱片，聽到一半，又將唱機關掉。

唱片中一個女人在唱歌，雲子愈聽愈難過，她本來也可以唱得那樣好，但是現在可不能了。沒有人知道她為什麼突然不再演唱的原因，只有她一個人知道。

她失聲了！

聲帶的輕微破裂，使她完全唱不出高音來，她的歌唱生涯完了！恰好在這時候，她認識了板垣。板垣是一個成功的商人，風度好，手段豪闊，一直在追求她。可是雲子從來也沒有半分愛意在板垣的身上。不過，不能再唱歌了，在這個大城市中，她能做什麼？她為了生活，只好做板垣的情婦，沒有第二個選擇。

當板垣以為自己成功地將雲子帶上牀之際，是雲子最傷心的一刻，板垣得意的笑聲，在她聽來，像是魔鬼的呼叫，但是她還是要不斷地和着板垣的笑聲，使板垣覺得他的錢花得並不冤枉，使板垣可以長期供養她。

每次和板垣幽會回來，雲子都要花一小時以上來洗澡，想洗去板垣留下來的羞辱。她是在出賣自己的身體，雲子很清楚地知道這一點。然而，她卻也沒有什麼可以怨恨的，為了生活，她必須如此。

關掉了唱機之後，板垣的電話來了。板垣的電話一直很簡單，不是「今晚七時在那裏等我」，就是「今天我沒空，明天再通電話」。

雲子的生活，也就決定於板垣的電話。板垣約她，她就要開始裝扮，準時赴約，板垣不約她，她就可以有別的活動。

那天下午三時過後，板垣的電話是：「今晚我沒有空，明天再打電話給你。」

雲子放下了電話，怔呆了半晌，懶洋洋地站起身，倒了半杯酒，一口喝乾。自從她知道自己不能再唱歌以來，她開始喝酒。灼熱的酒在血液中奔流，可以使她有一種膨脹的、塞滿四周圍空間的安全感。

她旋轉着酒杯，還想倒第二杯，可是結果卻放下了酒杯，她該做什麼呢？至少，可以為自己弄一些可口的食物，雖然實際上她什麼也不想吃。

那一天下午，接下來的時間是怎麼過去的，雲子也想不起來了。太平凡刻板的生活，會使人的記憶力衰退，雲子做了些什麼？無非是整理房間，抹着早已乾淨之極的傢俬。在廚房裏，小心而又緩慢地將蔬菜切成細小的一塊一塊。就在天色將黑下來時，電話突然又響了起來。

雲子從廚房中出來，在圍裙上抹乾手，拿起了電話。

當時她在想：或許是板垣忽然改變了主意，這種情形以前也發生過，那樣的話，她就該快點妝扮自己。所以，她一面拿起電話來，一面側着頭，向鏡子中望了一下。

就在這時，她聽到了一個陌生的男人聲音，自電話中傳出來，聲音很低沉，聽來充滿了磁性，很動人，容易令女人想入非非。可是那是一把陌生的聲音。

那聲音道：「請大良雲子小姐。」

雲子略怔了一怔：「我就是。」

那陌生的聲音道：「明天是不是一切仍照計劃進行？通常，我會給一個最後考慮的機會，如果改變，請現在就告訴我。」

陌生聲音的語氣很有力，充滿着自信。話講得很快，但是吐字清晰，雲子可以聽得清清楚楚。

然而雲子卻聽得莫名其妙，她呆了一呆：「你說什麼？我不明白！」

陌生聲音笑了幾下，說道：「我明白了，一切照原定計劃進行。」

雲子忙道：「什麼——」

她本來是想說：「什麼原定計劃」的，可是才說了「什麼」，那陌生人的聲音就打斷了她的話頭道：「你放心，我絕對不會失手，明天中午就有結果，如果你不離家，可以留意電視或收音機上的新聞報告！」

雲子仍然是莫名其妙，她說道：「對不起，先生，你打錯電話了？」

那陌生聲音有點嘲弄似地笑起來：「好，我明白，我不再說下去，對不起，打擾你了！」

雲子還想說什麼，可是對方已經掛上了電話。電話裏變得一點聲音也沒有。雲子並沒有立時放下電話。她的反應正常，通常，在接到了一個如此突兀的電話之後，總會發上一陣子呆。

雲子握着電話聽筒，發了一陣呆。她在那短暫的幾分鐘之內，將那陌生聲音在電話中所講的話，從頭至尾，想了一遍，可是全然想不起對方所說的那番話是什麼意思。她假設對方是打錯了電話，但對方又清清楚楚地叫出了「大良雲子」的名字。

雲子終於放下了電話，又回到了廚房，她被那個電話弄得有點心神不屬，在切菜的時候，甚至切破了手指。

雲子將手指放在口中吮吸着，心中發着驚，忽然她想見一見板垣。

她和板垣之間雖然沒有感情，儘管板垣說過好多次愛她，雲子在當時也裝出柔情萬種的樣子，但是在內心深處，她始終感到她和板垣之間的關係，是買賣關係。板垣花了錢，在她青春美麗的肉體上，得到性的滿足，得到一種虛幻的、重新戀愛的感覺。而她，在獻出自己身體之後，得到了板垣的金錢。

這種關係能夠維持多久，雲子自己也不知道。但是經過長時間的來往之後，板垣成了雲子的一種依靠，如果不是有這種關係存在的話，雲子也可能愛上板垣。

雲子突然想見板垣，告訴他，有一個怪電話令得她困擾，是不是他們之間的關係已經被人知道了？

雲子心不在焉地吞下晚飯，好幾次拿起電話來，又放下。

板垣為了要維持關係的秘密，絕對禁止雲子打電話到他家裏或是辦公室去。所以雲子遵守着板垣的吩咐。

到了將近十時，雲子實在耐不住寂寞，她離開了家。

雲子離家之初，沒有一定的目的地，只是想在街上逛逛，排遣一下寂寞和心中的困擾，她漫無目的地走着，搭着車，可是在四十分鐘之後，她發現自己已經自然而然的來到幽會的地點附近。

「既然來到了，就上去坐坐吧，或許板垣會在，當然，那要有奇蹟才行。」雲子心中想：「反正鑰匙一直在身邊。」

所以，雲子就逕自走向那幢大廈，在快要到大廈的時候，她用手撥着頭髮，改變了一下髮型，又戴上太陽眼鏡，豎起了衣領。每次她總是這樣子，好不被人認出來。

走進大堂，管理員照例向她打一個招呼，雲子也照例只是生硬地點一下頭，像是逃走一樣地進了升降機，直到升降機開始向上升，她才鬆了一口氣，感到自己安全了。

升降機停下，她走出來，取了鑰匙，打開了那居住單位的門，着亮了燈。沒有人，那是意料中的事，雲子在一張沙發上坐下來，手撐着頭，心中很亂。她打量着四周圍，這裏的一切比她的住所華麗舒服得多，可是在雲子看來，卻有一種不真實的、虛幻的感覺。華麗的陳設，只不過是板垣享樂時的陪襯。

雲子一想到這一點，就站了起來，想離開這地方。也就在她一站起來之際，她忽然聽到，在書房的門後，傳來一種十分奇異的聲音。那種聲音，接近一個人的哭泣聲。可是雲子從來也未曾聽到過如此哀傷、悲切的哭泣聲，那種哭泣聲，聽來令人心向下沉，沉向無底深淵，遍體生寒！才一傳入雲子耳中之際，聽來還十分模糊，但是卻漸漸清晰起來。雲子可以肯定，在書房之中，有一個人在哭，好像是女人，正在傷心欲絕地哭着。

一則是那種哭聲聽來如此悲切，二來，這地方應該沒有人，忽然有哭聲傳來，令雲子感到害怕，所以雲子僵立在原地，不知如何是好。

書房中怎麼會有人呢？雲子的思緒十分混亂。

她一面吞嚥着口水，一面想起這間書房，板垣對她似乎隱瞞着什麼，自始至終，都給她一種神秘之感。

「太華麗了！」雲子在板垣第一次帶她到這裏來的時候，讚歎地說。從鄉下地方來，在東京這個大都市中，又一直未曾真正得意過的雲子，真心真意這樣讚歎。

板垣用十分滿足的神情望着雲子：「喜歡？這裏，以後就屬於我們，是我們兩個人的天地！」

雲子在板垣的臉上輕吻了一下，又道：「有兩間房間呢。」

板垣一伸手，將雲子拉了過來，摟在懷中，在一個長吻之後，板垣將雲子抱了起來，走向一扇門，打開門，那是一間極其舒服的臥室，板垣一直將雲子抱到牀前，放下來。

雲子知道板垣需要什麼，她也完全順從板垣的意思。

在他們快要離開之際，雲子指着另一扇門道：「那一間房間是——」

「是書房。」板垣一面整理着領帶，一面走過去，將另一扇門打開來，雲子跟過去看了一下，是一間陳設比較簡單的書房，有書桌、有書架，和一張長沙發。

在雲子走近板垣的時候，板垣又趁機摟住了她，在她的耳際低聲道：「下次，我們或者可以試試在沙發上——」

雲子不等板垣講完，就嬌笑着推開了他，後退着。她看到板垣關上了書房的門。

這是雲子第一次看到這間書房，也是雲子唯一看到這間書房的一次。

和板垣幽會，板垣由於時間的倉促，每次一到，總是立刻和雲子進臥房，然後又叫雲子先走，他才離去。

雲子根本沒有機會打開書房的門看看。事實上，也沒有這個需要。板垣所要的，其實只不過是一張牀。

只有在記不清哪一次，是離第一次到這裏來之後多久的事，雲子偶然問起：「書房，也應該整理一下吧！」

雲子記得，她說這句話的時候，人在客廳，板垣還在臥室中，雲子一面說着，一面已走向書房的門，握住了門柄，要去開門。那時，板垣突然從臥室衝了出來。

板垣真是「衝」出來的，雲子從來也未曾看到過板垣的動作急成這樣子，他當時的神情，甚至驚恐慌張，以致令得雲子轉過頭來，呆望着他。

板垣衝得太急，幾乎跌了一跤，但是他不等站穩身子，就叫道：「別理它！」

雲子忙縮回手，她已經習慣了聽從板垣的一切吩咐，板垣喘了一口氣，站定了身子：「書房一直空着，讓它空着好了，不必理會它！」

雲子連聲答應着。

板垣的神情，像是想解釋什麼，但是他卻終於沒有說什麼。

這一次，接下來的事，和經常並沒有什麼分別。

又是記不清在什麼時候發生的事。他們幽會，板垣總先到，在等雲子，雲子來得很準時。那一次，雲子開門進來，板垣還沒有到。

板垣在那一次，遲了三分鐘。

在板垣還沒有來到之前，雲子也沒有做什麼事，她在廳中坐了一會，忽然好奇心起，想進書房去看看，因為板垣上次那種情急敗壞的情形給她的印象很深刻。

她來到書房的門前，握住了門柄，可是轉不動，門鎖着。她後退了一步，打量着書房的門，還未有進一步的行動之際，板垣已經開門進來了！

「交通太擠，遲到了，真對不起！」板垣一面逕自向她走來，一面說。

雲子也記起她自己的身分，和這時應該扮演什麼角色，唸什麼台詞，她幽幽地道：「我還以為你不來了，再也看不到你了！」

板垣抱住了雲子，連聲道：「怎麼會？怎麼會？」

只有三次，雲子和書房有過聯繫。對她來說，在這個居住單位之中，書房是一個很陌生的地方。可是就在這個陌生的地方，卻傳出了女人的哭泣聲！

雲子不住地吞嚥着口水，她的第一個反應是：板垣另外有一個情婦在這裏！板垣利用了一個地方和兩個情婦幽會。

雲子立時否定了這個想法，因為板垣不像是有這麼多空閒時間的人。

那麼，在書房中哭泣的女人是什麼人呢？

在驚呆了足有十餘分鐘之後，雲子鼓起了勇氣，大聲道：「請問，是誰在這裏面？」

她連問了兩聲，沒有回答，哭泣聲也仍然在繼續着。雲子的膽子大了一些。一個哭泣中的女人，不會傷害別人，她想。所以她有了足夠的勇氣，走近書房門，在門上輕輕敲了兩下，又道：「請問，誰在裏面？」

書房中的哭泣聲停止了，變成了一個哭泣之後的啜泣聲，雲子再敲門，又問了一遍，聽得門內有了一個抽搐的、回答的聲音：「是我！」

雲子的好奇，到達了極點，她問道：「你是誰？為什麼會在這裏？為什麼要哭？」

她問了一連串的問題之後，並得不到回答，她道：「請你打開門。」

當雲子在這樣說的時候，她已試過握着門柄，想推門進去，可是門柄卻轉不動。而當她要房中的女人打開門之後，過了沒多久，門就打了開來。

雲子十分驚訝，因為門在她意料之外的那個方向打開來。門一打開，她就看到了門後的那個女人，也就是打開門來的那個女人，當然也就是躲在書房中哭泣的那個女人！

雲子才向那女人看了一眼，就整個人都呆住了。

那女人就算生得再難看，再恐怖，雲子的驚駭也不會如此之甚！事實上，那女人一點也不難看，十分美麗，有着大而靈活的眼睛，尖尖的下顎。雖然淚流滿面，神情極其哀痛無依，但一樣十分動人。這個女人，雲子再熟悉也沒有，那就是她自己！

任何人，當看到了自己之際，都不會吃驚，但是也決不是在這樣的情形之下！在這樣的情形之下看到了自己，任何人都會吃驚！

「看到自己」，會吃驚，連我，衛斯理都不能例外。當我自牆洞中望進去，看到了自己之際，連頸骨都為之僵硬。

雲子不記得自己是怎麼逃走的了，當她和她四目交投，她看到了自己的雙眼之中，有深切無比的悲哀，她就轉過身，衝向門口。

她在門口撞了一下，然後才打開門奔出去。她甚至來不及等升降機，從樓梯上一直奔下去，所以她由另一個通道離開了那幢大廈，沒有經過大堂，也沒有遇到管理員。她直奔到酒吧，要了一大杯酒，由奈可扶着她到了一個角落。直到這時，她才定下神來，發出一下驚呼聲。

雲子自己也料不到自己的這一下驚呼聲是這樣尖厲，事實上，她這樣叫，是因為她的心中感到真正可怕。

一個照面，只不過幾秒鐘，然而她自己的那種哀切，那種悲痛，那種無依，那種絕望的眼神，都深印進了她的腦子，她可以毫無疑問地肯定，那是她自己，這種眼神，正是她想也不敢想的許多事交織而成。她平時不敢想，做了商人的情婦，一個三流失聲歌星將來會怎樣，可是「她自己」卻分明一直在想，所以才會有這樣的神情。

她平時將這些事埋在心底，不去碰它們，所以在鏡子中看來，她青春、美麗、動人，在男人的懷中，會令任何男人怦然心動，但實際上，她應該悲哀，應該絕望。她終於看到了這一面，在她自己的眼神中看到，在她自己的哭聲中聽到。

雲子之所以發出尖叫聲，是因為她覺得實在非叫不可！她叫了一聲之後，反倒鎮定了下來，看看四周圍驚愕無比的各色人等，她匆匆地道了歉，奔出酒吧去。她上了計程車，向回家的途中駛去。

她到了家，進門第一件事，就是拿起電話來，她一定要告訴板垣，在他們的幽會場所，她遇到了這樣的一件怪事。

電話通了之後，她故意將自己的聲音變得很低沉：「請板垣先生。」對方的回答是：「對不起，板垣先生和夫人去參加宴會，還沒有回來。」

這時候，板垣經過幽會場所，看到有燈光透出來。

這時候，奈可算定了雲子應該回家，打電話給她，但由於雲子正在使用電話，所以電話沒有打通。

雲子一聽説板垣還沒有回家，立刻放下了電話。才一放下電話，鈴聲突然響起，雲子嚇了一跳，忙又拿起電話。

電話中傳來的，又是那個陌生的聲音：「怎麼一回事？是不是有了什麼意外，要不要改變你的計劃？」

雲子的手在不住發抖，又是那個陌生的聲音！要不是因為這個陌生的聲音令得她心煩意亂，她不會到那幽會的場所去，不去，也就不會看到她自己。

雲子一聲都沒出，重重放下了電話，不由自主喘着氣，轉過臉來，身後就是鏡子。雲子連忙偏過頭去，她沒有勇氣向鏡子望，生怕鏡子中的她自己，又是這樣絕望無依。

她不知道該怎樣才好，她只想到要離開，離開這裏，離開東京，她拉出了一隻皮箱，匆匆收拾着衣服，合上箱蓋，就離開了住所。

這時候，板垣已經回到了家裏，趁他妻子不注意時，打電話給雲子，但雲子已經離開了她的住所。

雲子搭上了一班夜車，她使自己的身子盡量蜷縮，戴着黑眼鏡，沒有勇氣看同車的任何搭客，唯恐又看到她自己。

列車到了靜岡，她沒有離開車站，又買了車票，毫無目的地向前去。到了第二天晚上，她住進了一家小旅店，這家小旅店，在她從來也沒有到過的一個小地方。在這家小旅店的房間中，雲子才鬆了一口氣。過去的十多小時，她簡直就是在逃亡，究竟在逃避什麼，雲子自己也說不上來，她是在逃避自己？自從看到了她自己之後，她心中有說不出來的恐懼，不進行這樣的逃避，她的精神非崩潰不可。

她靜了下來，喝了一杯熱茶之後，順手打開了房間中的電視機。在打開電視機半小時之後，她在新聞報告中，聽到了「東京一個成功商人板垣被神秘槍殺」的新聞。

雲子呆在電視機之前，身子不住發抖。板垣死了！被人槍殺，中午發生的事，這是怎麼一回事？是板垣的妻子發現了板垣有外遇，所以才會發生這樣的事？板垣死了，自己以後應該怎麼辦？

雲子沒有法子想下去，她只是呆呆地站着，直到電視機的畫面變成了一片空白。雲子慢慢轉過身來。

「我應該回東京去！」雲子想，「板垣死了，警方一定會展開調查，一定在找我？我和板垣的事，是不是另外有人知道？」

雲子想了很久，仍然未作出決定，而天已經亮了。雲子又匆匆離開了這個小地方，繼續她的「逃亡」。她從一個地方到另一個地方，一直到警方將她的第一次繪圖，在所有電視上播出來。她立刻換了打扮，但是她的身分終於被揭露，當她的真實照片在電視上播出來之後，她下了決心，回東京去。

雲子提着衣箱，神情疲憊不堪地在東京車站下車，準備走出車站之際，忽然感到有一個身形高大的男人，來到了她的身邊。

雲子本能地站定身子，向來到了她身邊的男人看去。那是一個高大、英俊、黝黑的年輕男人，大約三十出頭，衣着得體、高貴，有着一股説不出來的男性魅力。

而這個陌生男人，正在凝視着她。

雲子心想，這是警方人員？倒比電視片集中的「神探」還要好看，她苦笑了一下：「我回來了，我不知道，一點也不知道！」

那男人揚了揚眉：「雲子小姐，我本來不應該再多事——」

那男人才講了一半話，雲子陡地一震，手一鬆，手中的衣箱，落到了地上。她心中真的吃驚。那聲音，就是兩次電話中的那個陌生人的聲音！

雲子張大了口，那男人已經有禮貌地彎身，提起了衣箱：「我想我們應該談一談，全東京的警員都在找你！」

雲子問道：「你不是警員？」

那男人笑了起來：「真想不到你還有心情開玩笑，為了你，為了我，我們都應該好好談一談！」

雲子心中疑惑之極，有點不知所措：「你……先生，你和我之間，有什麼聯繫？」

那男人皺了皺眉，像是聽到了一個他絕不欣賞的笑話。接着便一伸手，不由分說，抓住了雲子的手臂，帶着雲子向前走去，出了車站，上了計程車，在車中，雲子幾次想說話，但都被那男人示意制止。

由於那男人的外型討人喜歡，雖然他的行動不合情理，雲子心中倒也沒有什麼害怕，她只是極度的疑惑。

計程車停下，那男人又拉着雲子進入了一條小巷，在那條小巷中，那男人將雲子的衣箱，用力拋了開去。

雲子吃驚道：「我的衣服！」

那男人不理會，拉着雲子，穿過小巷，又上了另一輛計程車，同樣不讓雲子有講話的機會。

雲子只好暗自思量：他是什麼人？他要將我帶到什麼地方去？

第八部

來自印度的古老故事

雲子的衣箱在小巷中被發現之後，沒有多久，就送到了健一的辦公室，奈可立即被召來，只向打開了的衣箱望了一眼，就肯定地道：「是雲子的，箱子、衣服，全是雲子的！」

我和健一互望一眼，奈可的話極肯定，不應對他的話有懷疑。

奈可又説道：「原來雲子一直在東京！」

健一悶哼了一聲：「別自作聰明，雲子一定是在全國各地逃避，最近才回東京！」

奈可眨着眼，對於健一的判斷十分不服氣，我同意健一的判斷：「是的，她最近才回東京來，你看衣箱中的衣服，有幾件較厚的反而在上面，顯然是她最近穿過，而且她曾到過北方！」

在我説話的時候，健一已將每一件衣服取起來，摸着袋子，取出了一點看來無關緊要的東西，如一些收據、一些票根之類，從這些物件的日期上，可以看出雲子這些日子來，到處在流浪。

但是，她終於又回到東京來了！她早已知道板垣的死，也應該早已知道警方正傾全力在找她，如果她回東京來，應該直接和警方聯絡，為什麼她的衣箱會被拋棄在一條小巷子之中？

我一想到這一點，立時道：「雲子可能有了意外！」

健一皺着眉，就在這時候，伏在他肩上的那隻白色小眼鏡猴，忽然聳身一跳，跳進了衣箱之中，拉過了幾件衣服，堆在衣箱的一角，身子縮在這幾件衣服之中，眼珠轉動，看來像是對這個新窩，十分滿意。

健一叱道：「快出來！」

他一面叱着，一面做着手勢。由於這幾天來，我一直和健一在一起，而健一又一直和這頭小眼鏡猴在一起，所以我可以知道，那眼鏡猴完全可以聽懂健一的話。在我的經驗之中，健一要牠做什麼，牠都不會反抗。

但這次，眼鏡猴卻仍然伏着不動，健一有點惱怒，再大聲叱喝，眼鏡猴一面「吱吱」叫着，一面還露出了牙齒來，像是想反噬健一。

這頭可愛的白色小眼鏡猴，忽然露出了這樣的兇相，我倒是第一次看到。健一對牠的態度，本來一直相當溫柔，但這時或許是由於心情煩躁，所以態度也變得粗暴了起來，兩次叱喝牠離開不果，陡地伸手去抓那小眼鏡猴，想把牠抓起來。

健一的手才伸出去，我已經看到那小眼鏡猴的兇態不尋常！雖然健一和牠之間，堪稱毫無隔閡，但即使是人與人之間，有時再親熱的關係，也難免會發生衝突，何況是人與猴！

所以，我立時叫道：「健一，小心！」

可是我的警告，已經遲了一步，健一的手才伸出去，小眼鏡猴白牙森森，陡地張大口，向健一的手掌咬來。健一連忙縮手，在掌緣上，已被咬了一下，健一十分惱怒，順手一揮，一掌向牠打去，小眼鏡猴的身手極其敏捷，立時一躍而起，自衣箱之中，跳到了桌上，從桌上再一躍，已向着窗外，直跳了出去。

健一一看到這等情形，也顧不得手掌的邊緣幾個深深的牙印正在冒血，立時也向窗子奔過去，一面口中發出一連串怪叫的聲音來。

我自然聽不懂健一所發出的那一連串古怪聲音是什麼意思，或許是叫眼鏡猴回來，也或許是在道歉。反正這種聲音，只有猴子才聽得懂。這時，小眼鏡猴已跳上了窗子，聽到了健一發出的聲音，轉過頭來，神情有點猶豫。看來像是決不定應該跳出去，還是跳回來。

就在這時，窗外突然傳來了一下尖鋭的、十分怪異難以形容的聲音。像是哨子聲，又不像哨子聲。

那下聲音才一傳來，小眼鏡猴便下定了決心，聳身向窗外跳了出去。

健一辦公室的窗子，下臨着一條小巷，這時，我也已經開始向窗子移動身子。一看到小眼鏡猴跳向外，我手在一張桌上一按，越過了那張桌子，已經來到了窗前。

其時，恰好是小眼鏡猴向外跳去之際，所以我可以看到，在那巷子中，站着一個人，一個身形高大、面目黝黑的印度人，正仰着頭向上望來，手中拿着一件奇形怪狀的東西，看樣子正待向口中湊去，而小眼鏡猴已直跳了下去，那印度人口中發出了一下低沉的歡呼聲，雙手向上，去迎接小眼鏡猴。

健一的辦公室在三樓，那印度人可能由於心情緊張，也可能由於怕小眼鏡猴跌傷，所以雙手向上迎去之際，他手中的那件奇形怪狀的東西，便落到了地上。

一切事情，全在同一時間發生。印度人跌落了手中奇形怪狀的東西，小眼鏡猴躍下，也被他雙手接住。

印度人一接住了眼鏡猴，立時轉身，向巷子的一端奔出去，我大叫道：「攔住他！攔住這印度人！」

在巷口，有幾個途人經過，也一定聽到了我的叫聲，其中一個身形相當健碩的青年，也試圖照我的話去做。可是他才一攔在那印度人的身前，就被印度人向前奔馳的勢子，一下子撞了開去。

健一這時，也已來到了窗前，他看到的情形可能沒有我多，但至少也看到那印度人抱着小眼鏡猴，直奔出巷子去。

健一大叫一聲，轉身向外便奔，我跟在他的後面，衝出了辦公室，奔下樓梯，繞過了建築物，來到了那條巷子之中。

雖然我和健一都以極高的速度移動着自己的身體，但是等我們來到那巷子中時，至少已是兩分鐘之後的事。兩分鐘，足可以使那個印度人消失無蹤了！

來到了巷子之中，健一繼續向前奔，奔向巷子的出口——那印度人奔出的方向，我則停了下來，在地上，拾起那印度人跌在地上的那件東西。

當我在三樓的窗口，向下看去，看到那印度人拿着這件東西之際，我實在不知道那是什麼玩意兒，所以只好稱之為「奇形怪狀的東西」。這時，我將這件東西拾了起來，仍然不知道它是什麼東西，仍然只好稱之為「奇形怪狀的東西」。

那奇形怪狀的東西，顯然由樹葉組成，約二十公分長，七公分寬，形狀像新月，大小如同一柄梳子，編成了口琴的形狀，編織的功夫相當粗，但很緊密，有幾個突起部分，是樹葉的葉柄部分，看不出有什麼作用。

整件東西是作什麼用的，相信不會有人一眼之下就回答得出來。不過我曾看到過印度人準備將之湊近口去，那東西無論如何不會是可口的食物，印度人不見得會想去吞食它。

我又想起曾聽到一下奇異的聲音自外面傳來，就是那一下聲音，導致小眼鏡猴下定決心，不聽健一口中所發出的古怪聲音的召喚，向外跳出去。用樹葉和草編成的東西，有時是可以吹出聲音來的。

我將那東西湊向口間，試着吹了一下，但是，卻沒有發出聲音來。

我還想再用力去吹時，健一已經又憤怒又懊惱地走了回來：「你在搗什麼鬼？」

我將手中那東西向他遞過去：「這是那印度人留下來的，這東西發出的聲音，使那頭小眼鏡猴不聽你的話，躍進了印度人的懷中！」

健一立時大怒，看他的神情，我講到的像是並非是一頭猴子，而是說及他的情人或妻子離開了他而投入了印度人的懷抱。他甚至漲紅了臉，額上的筋也現了出來，用極其憤怒的聲音說道：「我不懂你在胡說八道些什麼！」

我聳着肩：「正視事實吧，健一君，那印度人顯然比你更懂得如何逗引猴子！」

我實在不應該這樣說的，雖然我說的完全是事實。

健一不等我說完，就大叫了一聲（聲音完全和猴子叫一樣），一拳向我揮了過來。我完全未曾料到健一會出手打人，「砰」地一聲，一拳正中左頰。

任何人，突然之間中了一拳，最自然的反應就是還手，我也不例外，立時一拳還擊，打中了健一的左胸，我的一拳，力道比他那拳重，健一又大叫了一聲（這次叫聲像人，不像是猴子），向下倒去。

巷子兩頭，都有人奔了過來，來看熱鬧。

我捂着左頰，健一撫着左胸，當我們兩人互望之際，相視苦笑。健一道：

「萬分對不起，我太衝動了！」

我苦笑了一下，日本人就是這樣子，健一和那開鎖專家並無不同，他們都致力於維持自己專長的尊嚴，為了這種勞什子的尊嚴，他們寧願做出許多愚蠢的行為。

我放下了手：「算了吧，快設法去找那印度人，他是整件怪異的事情中，最關鍵性的人物！」

健一對我的話，像是無動於衷：「雲子才重要！」

我道：「雲子也重要，可是你必須分一半人力出來，去找那印度人！」

健一勉強同意，點了點頭，我看出他不是很熱心：「這樣好不好？找印度人的責任交給我！」

健一立時欣然同意：「我們還是可以每天見面，一有了雲子的消息，你也立刻可以知道的！」

我沒有再說什麼，健一向我伸出手來，我和他握了一下手，表示剛才的行動，純屬誤會，然後，我就開始行動。第一步，是先要弄清楚那奇形怪狀的東西，究竟是什麼。

那東西用樹葉編成，數了數葉柄，一共有七張葉子，在編織過程中，曾將葉子切割，我沒有將它拆開，估計每一張葉子，約有十五公分長，十公分寬，呈橢圓形，葉邊有細密的鋸齒，葉身上，有着相當細密的白色茸毛。葉的正面是深綠色，看來像是有一層蠟質，背面的顏色較淺，在葉脈的生長處，呈現一種灰白色。

我形容得已經夠詳細了。我對於植物的認識，不算深刻，也不淺陋，但是我卻不知道這是什麼樹的樹葉。

我先去找參考書籍，沒有結果。於是，我去請教專家。

專家是一所大學的植物系主任。

專家畢竟是專家，有整橱的參考書，還有許多標本，有五六個年輕學生做他的助手，也有專家的派頭，當他初聽到我的來意，只不過是要他辨認一種樹葉是屬於什麼樹，專家的派頭就來了，頭半仰着，向上看，視線只有一小半落在我的臉上，以至我向他看去，只可以見到他一小半眼珠子。

一小半眼珠子，充滿了不屑的神色：「樹葉？是屬於什麼樹的？拿來！」

我雙手恭恭敬敬地將那不知名物體奉上，專家以手指將之拈在手中，眼珠子還是一大半向上，將之湊到臉前，看了一看，「哼」地一聲：「這是奎寧樹的樹葉！」

他已經準備將那不知名的東西還給我了，我誠惶誠恐地道：「請你再鑒定一下，奎寧樹的葉，不會那麼大，也不應該有濃密的白毛！」

專家怔了一怔，高揚的眼珠子落下了少許：「嗯，那麼是——」

他又說出了一種樹名，我再指出他的不對之處，他的眼珠又下落一分，一直到他連說了五種樹名，我將這五個說法全否定之後，專家總算平視着我了。

這時候，我的眼珠開始向上升：「我想還是查參考書的好！」

專家和他的助手開始忙碌，我也沒有閒着，一厚冊一厚冊的書被翻閱着，一夾又一夾的標本，被取出來對照。

三小時之後，專家歎了一口氣，眼珠子向下，不敢平視我：「對不起，世界上植物實在太多了，幾乎每天都有新的品種被發現，這種樹葉……」

他沒有講下去，因為花了那麼多時間，他無法說出這是什麼樹葉。

我告辭，專家送我到門口，倒真的講了幾句專家才能講出來的話。他道：「這種樹葉，我雖然不能肯定它屬於什麼樹，但可以肯定，一定是生長在原始密林的一種樹，這個密林，一定是熱帶，而且雨量極多，這是從樹葉上的特徵判斷的結論！」

我聽得他如此說，心中一動：「譬如說，印度南部的叢林？」

專家想了一想：「有可能。」

我吸了一口氣，沒有再說什麼，將那不知名的東西小心放好，離開。

我想到了印度南部的叢林，是由於一連串的聯想而得到的結果。首先，這不知名的東西，從一個印度人的手中跌下來。其次，這印度人用這東西，吹出一種怪異的聲音。這種怪異的聲音在我們聽來，只覺其怪異，並不覺得有什麼別的特殊的意義。

但是這種怪異的聲音，對來自印度南部叢林的眼鏡猴而言，卻一定有特殊的意義。因為眼鏡猴在和健一建立了深厚的友情之後，竟也禁不起這種聲音的引誘，而躍向印度人。

而健一又是天生具有與猴子作朋友的本領的人。

小眼鏡猴來自印度南部叢林。

那麼，這種樹葉，也有可能產自印度南部叢林。眼鏡猴聽到了發自來自家鄉的樹葉的聲音，就毅然捨健一而去了！

這樣的聯想，看起來很合邏輯。

根據我的聯想，那印度人既然有這樣的樹葉，他應該來自印度南部，至少應該到過印度南部。他弄了這樣一個樹葉編成的東西，目的如果是要誘捕白色小眼鏡猴的話，他要那小猴子，又有什麼用呢？不見得他是動物的愛好者。

白色小眼鏡猴是罕有動物，當然很值錢，任何有規模的動物園，至少都會以超過一萬美元的價格收買牠，但我卻一點也不覺得這件事中有金錢的成分。我只覺得神秘的成份籠罩了一切。

我的首要任務，是找到這個印度人。

要找這個印度人，健一和他的同僚，已經盡過很大的努力，沒有結果。但如今的情形，多少有點不同。要找一個印度人難，要找一個有一頭白色小眼鏡猴在一起的印度人，應該容易得多。

那個印度人既然曾在酒吧出現過，我就從酒吧開始。

當晚，我一家一家酒吧找過去，東京的大小各式酒吧之多，如果不是我想在酒吧中找人，只怕一輩子也想像不到。當時間已接近午夜，我至少已進出一百五十家以上的酒吧，向酒保和吧女打聽一個印度人，一點沒有結果。在到了第一百五十一家酒吧時，那老闆娘很善良，她告訴我：「印度人？印度人很少到普通的酒吧來，他們自己有一個小酒吧，在一個相當冷僻的地方，你不妨到那裏去找找看。」

老闆娘也不知道確切的地址，只告訴了我一個大概。我循址前往，到了附近，在一個喝醉了的印度人口中知道，那不算是酒吧，只不過是一個在日本的印度人經常聚會的地方，性質和私人俱樂部比較接近。當我推門而入之際，我發現自己置身一個相當大的客廳之中，不少印度人在地上盤腿而坐，一個鬚髮皆白的印度人坐在中央，在彈着印度的多弦琴。

多弦琴的琴聲極動人，圍聽的人一點聲音也沒有，我進去，雖然令得每一個人都以極訝異的目光望着我，但是也沒有人出聲。而且，當我以標準的印度人姿態坐下來之後，訝異的目光也漸漸消失。

有一個印度婦人，給了我一杯味道十分古怪的飲料，我叫不出這種飲料的名堂，看看其他的人全在喝這種飲料，想來不會是毒藥，也就放心飲用。

多弦琴的琴音在繼續着，有四個印度婦女，搬出許多支蠟燭來，點燃，燈光全熄，燭火在黑暗中閃着光，氣氛在刹那間，變得十分神秘，甚至有一點妖異。

然後，琴音突然停止，白髮白鬚的印度老人輕輕放下抱着的多弦琴：「古老的國度，有各種古老的故事……」

他的聲音很低沉、蒼老，有一股說不出來的吸引力，似乎他的聲音比多弦琴更吸引人，四周也更靜。

我不知道這位印度老人想講什麼，但是他的聲音是這麼迷人，而且開場白又是這樣地令人心醉，所以我也自然而然的保持着沉默，不想去打擾他。

印度老人講了兩句之後，突然向我望過來。在燭光的閃映下，他的眼珠看來呈現一種深灰色，極其深邃。當他向我望來之際，我不由自主，直了直身子。

印度老人望着我：「有陌生朋友在。我不知道陌生朋友為什麼而來，在這裏，陌生朋友除了故事之外，不能得到別的什麼。陌生朋友想聽什麼故事？」

我在事先一秒鐘，根本未曾想到要聽故事，自然更想不到要聽什麼故事。

可是這時，我一聽得印度老人這樣問我，我立時衝口而出：「我想聽聽有關白色小眼鏡猴的故事！」

我的話一出口，其餘的印度人都以奇怪的眼光望着我，印度老人也呆了半晌，在片刻之間，只有他無目的地撥動多弦琴琴弦的「錚錚」聲。

靜默維持了好一會，印度老人才嘆了一口氣：「想不到陌生朋友要聽這樣的故事！」

他一面望着我，目光更深邃，又道：「這個故事，其實最令人失望！」

我道：「不要緊，請說。」

老人又歎了一聲，聲音陡然之間，變得很平淡，純粹是一個置身事外的講故事者。他道：「白色的眼鏡猴，是最罕見的一種靈異之猴，是靈異猴神派到世間來的代表，古老的傳說，傳了好幾千年，誰能得到白色的眼鏡猴，這種靈異之猴，就會給他帶來三個願望。」

我聽得心頭怦怦亂跳，「三個願望」，這和我所知道的一樣。但是看在座印度人的神情，他們看來全像是第一次聽到這樣的説法，現出十分驚訝、十分有興趣的神情。由此可知，這古老的傳説，也不是每一個人都知道的。

我吸了一口氣，使自己略為鎮定一點，老人繼續道：「所以，自古以來，不知多少人，想捉到、見到白色小眼鏡猴，可以給他帶來三個願望，可是到現在為止，只有一個人成功過，那個人，是一位王子，他可以實現三個願望，可是靈異猴神，在他説出三個願望之前，要他先看看自己——」

我聽到這裏，心跳陡地加劇，再也忍不住：「看看自己，那是什麼意思？」

我打斷了老人的敘述，不少人都向我望來，目光大都很惱怒，但是老人卻看來並不怪我，只是道：「是，問得很好，我只知道講故事，也不知道靈異猴神説的『先看看自己』是什麼意思，只知道故事後來的發展！」

老人向我望了一眼，像是在徵詢我對他的答覆是不是滿意。我苦笑了一下，攤了攤手，示意他説下去。

老人這才道：「王子答應了，看到了自己。」

老人先說靈異猴神，要故事中的王子「看看自己」，接着又說王子「看到了自己」，他的這種說法，在我的心中，造成了極大的震動，以至我要集中精神，才能繼續聽下去。

在我提出要知道白色眼鏡猴故事之際，我只不過想知道一下古老的傳說而已。

我再也想不到，出自印度老人口中的古老傳說，內容竟如此豐富，而且有「看到了自己」這樣的句子。

「看到了自己」，這樣的一句話，對別人來說，或許是聽過就算：就算要深究，也無法弄得懂真正的涵義。

但是，我卻是知道的！

因為，我曾看到過我自己！

老人繼續道：「王子看到了自己之後，靈異猴神問他：『現在你的三個願望是什麼？』

王子毫不考慮地答道：『第一個願望，我要快樂；第二個願望，我要快樂；第三個願望，我還是要快樂！』」

我吞了一口口水，沒有說什麼，老人繼續説道：「本來，靈異猴神既然答應了給人三個願望，就一定會實現，可是，靈異猴神聽了王子的這三個願望之後，卻歎了一聲：『很抱歉，你的這三個願望，我一個也無法實現！』王子哀求道：『為什麼！偉大的神，我的三個願望極簡單，只不過要快樂！』靈異猴神回答道：『簡單？這是最難達到的願望！不信，你從今日起，開始去環遊天下，只要你能夠遇見一個快樂的人，我就可以使你實現這三個願望！』」

老人講到這裏，停了一下，又伸手撥了幾下琴弦。

四周圍靜到了極點。

老人的聲音更平靜：「於是王子就開始旅行，一天又一天，一年又一年，他的足跡遍天下，等到幾十年之後，年輕的王子，已經變成了一個老人，他才又回到了靈異猴神的面前，靈異猴神問道：『你有沒有遇見過一個快樂的人？』王子道：『沒有。』靈異之神歎了一聲：『世上根本沒有快樂的人，所以我也無法實現你的願望。現在，我准你再重提三個願望，請說。』王子仍然毫不考慮地道：『我只要一個願望就夠了！』」

老人說到這裏，停了下來，緩緩地轉動着頭，視線自每一個人的臉上掃過。有幾個人口唇掀動着，顯然是想說話，但看來他們對這個老人十分尊重，所以並沒有出聲。老人的目光，最後停在我的臉上：「陌生朋友，故事完了！」

我呆了一呆：「完了？沒有啊！王子重提願望，他的願望是什麼？」

老人歎了一聲：「陌生朋友，故事到這裏就完了，王子的最後願望是什麼，講故事的人照例不講，如果一定要追問，講故事的人會反問你：『如果你是王子，在經歷了數十年，在旅行了萬千里而未曾遇到一個快樂的人之後，你的願望是什麼呢？』」

我呆住了，出不得聲。

照故事所說的情形看來，王子，或是任何人，只有一個選擇，不會有其他的願望了。

這唯一的願望是什麼？

講故事的印度老人不說出來。

我也不必說出來。

稍為想一想，誰都可以想得到的。

不但我沒出聲，別人也沒有出聲。

印度老人又拿起多弦琴來，撥弄着弦琴，琴音很平淡，並不淒愴，但是這種平淡，卻比任何的淒愴更令人不舒服。

我不等老人將曲奏完，就有點粗魯地打斷了演奏，大聲道：「如今，又有一頭白色眼鏡猴出現了！」

周圍的人，本來對我極其憤怒，可是我說的話，分明引起了他們的興趣，所以他們的憤怒變成了訝異。

印度老人卻一點也不現出任何訝異的神情來，只是淡然道：「是麼？誰得到牠，誰就可以有三個願望。」

我不肯放鬆：「對着牠來許願？」

老人搖着頭：「故事中沒提到這一點，只是說，王子得了白色眼鏡猴之後，先去見靈異猴神。」

我道：「你的意思是，白色眼鏡猴會帶人去見靈異猴神？」

老人道：「我也不清楚。」

我知道再問下去，也問不出什麼來，因為老人始終是一個故事的傳述者，並不是故事的創造者，他已經傳述得很不錯了！

我吸了一口氣：「各位，有一頭這樣的白色眼鏡猴，由我帶到東京來，交給一個對猴類有特別心得的朋友，可是卻被一個印度人，用一種奇特的聲音引走了。」

我說到這裏，自口袋中取出了那不知名的東西來。

印度老人一看到我手中的那東西，忙道：「給我！」

我將那東西遞了過去，印度老人接在手中，將那東西湊向口中，像是吹口琴一樣，立時吹出了一首短曲來。那東西發出的聲音，十分奇特，說刺耳又不刺耳；說悅耳，也絕不悅耳。老人吹奏完畢，將東西還了給我：「這是用樹葉編成的葉笛，印度南部的人，都會編這種簡單的葉笛。」

我問道：「沒有什麼特別的意義？」

老人道：「這種樹葉，我以前從來也未曾見到過，除此以外，我看不出有什麼特別。」

我又道：「我想找一位印度先生，他的樣子是——」

我講到這裏，陡地講不下去，因為我發現如今在我身邊的印度男人，幾乎全和我要找的印度人外形相仿。我要找的那個印度人，至今為止，還未曾看清楚他的臉容，也說不出他有什麼特徵來，要找他，當然不是一件容易的事。

我在停了一停之後，只好道：「那位印度先生，有一頭白色的眼鏡猴，各位之中有誰如果發現他，是不是可以通知我一下？」

一個看來很有地位的男人走過來：「如果白色眼鏡猴真有這種靈異力量，我想，誰得了那頭白色眼鏡猴，一定以最快捷的方法，去見靈異猴神了！」我怔了一怔，這人說得極其有理，我忙道：「靈異猴神在哪裏？」那位先生笑了起來：「當然在印度！」

他的話，引起了一陣笑聲，但是我卻一點也不覺得好笑，反倒重重打自己一下頭！我怎麼沒想到這一點？

那印度人用這種不知名的樹葉所編成的「笛」，發出奇異的聲音，引走了白色眼鏡猴，他當然是回印度去了！而我卻還在東京的酒吧中找他，這多麼愚蠢！

雖然，我的時間不算是白浪費，在那印度老人的口中，我知道了更多有關白色眼鏡猴——「奇渥達卡」的故事。到如今為止，書上的記載和老人所講的故事結合起來看，很混亂、很不統一。老人說，白色眼鏡猴會帶人去見靈異猴神，書上記載的傳說是要用白色眼鏡猴的前爪來製成「猴子爪」。

有一點是相同的，白色眼鏡猴可以導致人類達成三個願望——傳說是如此。

我向印度老人行了一禮，感謝他講了那麼動人的一個故事給我聽，然後，我離開了那地方，和健一通了一個電話，要他給我若干方便，再然後，直赴機場。

在機場的出入境辦事處，我抱着一線希望，因為我要找的印度人，如果他離開日本，回印度去，和一隻白色的眼鏡猴一起……

這是很重要的線索，我想就憑這一點線索，找到這個印度人的行蹤。

我要求負責登記出入境的官員，將白眼鏡猴被哨聲引走之後起，出境的印度人的名單先找出來。很意外，並不多，一共只有九個印度人離境。

負責官員又找來了檢查行李的關員、警衛，以及有關的工作人員等等，來供我詢問。當我大致形容了那印度人的樣子，和指出這個印度人可能攜帶了一頭小猴子出境之際，一個中年關員，發出了「啊」的一聲低呼。

「是的，有這樣一個印度人，我記得他，他是搭夜班飛機離開的。」那中年關員叙述說：「當時，搭客並不多，那印度人也沒有什麼行李，只提着一隻手提袋！」

我忙道：「那隻小猴子，就藏在手提袋之中？」

中年關員的神情有點忸怩：「這……這我們着重於金屬品的檢查。而且，毒品、大麻等等，在日本最貴，不會有人帶出境，所以……所以……並沒有注意到——」

我苦笑了一下：「你沒見到那隻白色的小猴子，那你怎麼知道這個印度人，就是我要找的那一個？」

中年關員的神情變得很肯定：「我曾經伸手進那手提袋去，碰到一團毛茸茸的東西，我望向他，還沒有發問，他已經說道：『是一件玩具，帶回去給孩子的，日本的玩具，做得真可愛！』」

負責官員帶着責備的神情：「你就連看都不看一下？」

中年關員抹了抹汗：「我看了一下，看到有一團白色的毛，像是一件玩具，所以沒有在意。」

我心中迅速地轉着念，那印度人可能是替白色眼鏡猴注射了麻藥，才將牠當作玩具，就這樣放在手提袋中帶出去。

不知這個印度人的名字，但這也無關重要了，因為所有的離境印度人，目的地全是印度的新德里。我不禁苦笑起來。在日本要找一個印度人還比較容易，但是當一個印度人到達了新德里，滲進了六億印度人之中，再要找他，那簡直沒有可能！

不過我也不是沒有收穫，至少，我已經知道，這個印度人，已經帶着白色眼鏡猴，回到印度去了！

第九部

雲子尋找職業殺手的經過

這個印度人，在整件事中，佔有極重要的地位。

第一，他「拐走」了白色小眼鏡猴。

第二，那怪房間，和他有關，是他去購買建築材料的。

第三，推論下來，板垣的死、管理員武夫的死，也可能和他有關。所以，非找到這個印度人不可！

我的聲音很誠懇，因為我真心誠意想照我講的話去做。

「健一，」我叫着他的名字：「我要到印度去，找那個印度人！」

健一的眼瞪得老大，看起來有點像那眼鏡猴，他像是聽到了最怪誕的事一樣，望着我，一聲不出。

我所要做的事，聽起來的確是夠古怪的：到印度去找一個印度人！所持的唯一線索，是這個印度人是男人——那樣，可以將六億人口減去一半，在三億人中間找他！

過了好一會兒，健一才吞了一口口水：「你有什麼法子可以在印度找到這個印度人？這裏的事，你不幫助我了？」

我苦笑：「我認為一切怪事的根源，全在於那印度人。我也不是全然無法，至少，我知道他一定先要去見所謂靈異猴神。傳說中的靈異猴神在什麼地方，一定有人知道，這樣，範圍就狹了許多！」

健一也苦笑：「我倒認為，在這裏找到雲子，可以解決問題。」

我實在連苦笑也發不出來：「看來我們兩人是難兄難弟，同病相憐。你要在日本找一個日本女人，我要到印度去找一個印度男人，希望同樣渺茫！」

健一大聲道：「不，至少我知道自己要找的人的樣子、姓名和資料！」

我攤了攤手：「好，你有資料，還是一樣找不到！」

健一被我的話氣得瞪着眼，吞着口水，答不上腔。找不到雲子，對健一來說，的確是一個相當大的打擊。

有了雲子的全部資料已經很久了，可以動用的人力，全都動用，雲子還是蹤影全無，到如今為止，只不過找到雲子的衣箱。

健一伸手，握着拳，先是在空中揮動着，然後，重重一拳打在桌上，震得桌上的一些東西全部彈了起來。

他以一種類似猩猩咆哮所發出的聲音吼叫道：「這女人究竟到哪裏去了？」

雲子到了東京，這一點，我和健一可以從有人在小巷中找到了雲子的衣箱推測出來。但是雲子究竟到什麼地方去了呢？我和健一當然無法知道。

甚至是雲子自己，當那高大、英俊的男人，拋掉了她的衣箱，拉着她，穿出了那條巷子，又登上了一輛計程車之際，也不知道自己會到什麼地方去。

通常女人在這樣的情形下，一定會嚷叫，至少也要掙扎，以圖抗拒的。因為一個弱質女子，如果被一個高大的男人硬帶着走，不知那個男人的意圖究竟如何，是一件相當危險的事。

雲子卻只在開始，略有一下反抗的意思，以後一直只是抿着嘴，咬着下唇，並沒有出聲，也沒有掙扎。

雲子有着尖削的下顎，所以當她抿着嘴，咬着下唇的時候，使她看來更有一種十分嬌俏的感覺。那高大、英俊的男子，神情看來很嚴肅，也像是有什麼急事，但也忍不住在上了車之後，看了她幾眼。

雲子的心中，本來還有點擔心，她甚至也驚訝於自己的不反抗、不嚷叫。連她自己也說不上何以如此鎮定，只是在心中，感到和這樣的一個男人在一起，很有安全感。

像雲子這樣，年紀輕輕就過着並不如意的夜生活，後來又不得不作人秘密情婦的女子，安全感是極需要的。

雲子也不知道何以會對這個行為如此奇異的陌生男人產生安全感，或許是因為他的高大？或許是因為他臉上那種堅決的自信神情？或許是由於握住她手臂的手，是如此堅定有力？等到雲子看到那男人向她連望了幾眼之後，她心中更是了無恐懼之感，她甚至現出了一絲佻皮的神情來：「你準備將我帶到哪裏去？」

那陌生男子被雲子一問，神情反倒顯得有點狼狽，想了一想，才道：「一個適宜談話的地方。」

他說着，皺着眉，像是一面在想着，什麼地方才是「適宜談話的地方」。雲子輕輕吸了一口氣，她倒知道一個很適宜談話的地方，但是她卻沒有出聲。因為，「一個適宜談話的地方」，可以作很多解釋，並不能單純作為到這個地方，就是去談話那麼簡單。

雲子保持着沉默，大約過了半分鐘，她才聽得那陌生男子對計程車司機說出了一個地址，雲子對這個地址所在的區域，相當陌生，但是也可以知道，從他們如今的地方去，路程還很遠。

接下來，車廂中一直沉默着，陌生男子居然鬆開了抓住雲子手臂的手。雲子其實反倒願意他緊緊抓着，被那樣一個男人緊抓着，心中會充實。

車子繼續向前駛，經過的地方似乎越來越冷僻。

雲子望着車外黑沉沉的街道，望着一直坐着不動的陌生男人，心中在想：

這個陌生男人究竟是什麼人呢？他分明就是曾打電話來問自己：「計劃有沒有改變」的那個人，那是什麼計劃？

雲子不由自主用力搖了搖頭，自從板垣忽然死了之後，她腦中一片混亂，只是在各地逃避，根本不知應該如何才好，而如今，又出現了這樣的一個陌生男人！這陌生男人是不是警探，是不是認為板垣的死和自己有關？自己應不應該對警方講出和板垣的關係？

還有，那間書房，在那間書房裏，怎麼會有一個和自己一模一樣的女人？這個女人分明就是自己，這個女人的神情，是如此悲苦無依，那種深刻的痛苦，自己想也不敢想，卻如此明顯地在那女人的臉上表露了出來。

雲子又開始陷進了混亂的思緒之中，以至車子是什麼時候停下來的也不知道。只是手臂上又感到了疼痛，那陌生男人再度抓住了她的手臂，將她拉下了車。

雲子看到自己又是在一條巷子口，那巷子的兩旁，全是相當古老的平房。

這種平房在高速發展的都市已不多見。

那男人拉着雲子，向巷子中走去，停在一家這樣的平房之前。平房既然是傳統的形式，門口的情形也是傳統式的，在門旁，掛着住這屋子主人的姓氏。

雲子向那塊木牌看去，看到上面寫着「鐵輪」兩個字。

那陌生男人取出了鑰匙，插入匙孔。木門的形式雖然古老，可是上面的鎖，卻是新型的鎖。

門打開，陌生男子作了一個手勢，請雲子進去。雲子站在門口，猶豫了一下。雖然到目前為止，那陌生男子沒有什麼粗暴的表示，但這裏是這樣靜僻，以後會發生什麼事，誰也不能預料！

雲子猶豫了一下：「這是你的屋子？」

那陌生男子皺着眉，點了點頭。

雲子再向門旁的木牌看了一眼：「鐵輪先生？你將我帶到這裏來，究竟想幹什麼？」

那男子被雲子稱為「鐵輪先生」，並沒有反對的表示，反倒是對雲子接下來的那句話，表示了憤怒，他有點兇狠地瞪着雲子，用一種極度不滿的聲音道：「算了，你又不是第一次到這裏來，進去再說！」

雲子陡地一怔，全然不明白對方這樣說是什麼意思。她想反駁，可是對方的神情更加嚴厲，帶着一種極度的威勢，有一種叫人不能不服從的氣概。雲子沒有說什麼，順從地走了進去。鐵輪跟在她的後面，將門關上。

門內是一個傳統式的花園，有一條碎石鋪出的小徑，經過一道魚池上的木橋，通向建築物。

這是傳統的日本庭院，這樣的園子，當然以前曾經到過，自己如果曾到過這裏，那麼一定應該早已見過這位鐵輪先生。可是確確實實在車站中還是第一次見到他。

真的是在車站中第一次見到他？雲子又不禁有點疑惑起來，第一次見到的陌生人，行動又如此之怪異，為什麼自己一直跟着他來到這裏，心中並沒有什麼恐懼感？

雲子不能肯定，真的不能肯定。

來到了建築物前，鐵輪加快了腳步，走在雲子前面。傳統式的建築看來並沒有特別，但是在關着的拉門上，卻有着一隻小小的鐵盒。雲子看到鐵輪用鑰匙打開了這隻鐵盒，盒中是許多按鈕，有的有數字在按鈕上，有的只是用顏色來區別。

雲子看得莫名其妙，不知道這許多按鈕有什麼用處，她只是看着鐵輪用手指在那些按鈕上熟練地按着。

鐵輪大約按了十來下，合上了鐵盒，過了很短的時間，拉門自動向一旁移開，鐵輪先走進去，雲子心中充滿了好奇，也跟了進去。鐵輪着亮了燈，裏面的陳設很舒服，令得雲子有一點跼促不安的是兩個人才一進來，拉門又自動關上。

鐵輪的樣子，看來是竭力在維持着一個君子的風度，擺了擺手：「請坐！」

雲子答應了一聲，用標準的日本婦女坐的姿勢，坐在一張矮几之前，鐵輪仍然站着，以致雲子要仰起頭來看他。

鐵輪盯着雲子：「好了！現在只有我們兩個人，和上次一樣，什麼話都可以說了！」

雲子怔了怔，一時之間，不知該如何回答才好。

什麼叫做「和上次一樣」？難道自己曾經和這個叫鐵輪的男人在這裏見過？

不可能的！雲子一面急速地想着，一面四面打量着。在記憶之中，真的未曾到過這裏！

雲子又轉過頭去，當她的目光接觸到鐵輪嚴厲的眼光之際，她心中有一股怯意，問道：「我——我以前和鐵輪先生見過面？就是在這裏？」

雲子的聲音充滿了疑惑，鐵輪的神情卻有着不可抑制的憤怒。他重重坐了下來，伸出手來，直指着雲子，但是又覺得這樣做十分不禮貌，所以猶豫了一下，又縮回了手。可是他的聲音中充滿了憤怒：「你準備怎麼樣？出賣我？向警方告密？」

雲子的心中，本來充滿了疑惑，可是在她一聽得鐵輪這樣講之後，她反倒立即笑了起來。因為在那一剎那間，她對於一切不可解釋的事，有了一個最簡單的解釋：這位鐵輪先生，認錯人了！

雲子欠了欠身子：「鐵輪先生，你一定認錯人了！」

鐵輪略震動了一下，可是他的目光，卻變得更鋭利，冷冷地道：「大良雲子小姐！」

雲子本能地應道：「是！」

鐵輪的身子向前略俯：「一個唱來唱去唱不紅的歌星，板垣一郎的秘密情婦？」

雲子口唇掀動着，沒有出聲。鐵輪繼續説着，説出了雲子的住址、雲子的電話。雲子驚訝得張大了口。

鐵輪的神情冷峻：「我認錯了人？」

雲子無法回答，只是道：「我……我的確是……大良雲子，不過可能……可能有人和我……和我……」

雲子本來想說「可能有人和我完全一樣」，但是這句話她卻說不出來，因為常識上，這是不可能的事！

鐵輪又冷笑了一聲：「我是什麼人，可能你也不記得了？」

鐵輪的話中，帶着明顯的諷刺意義，可是雲子卻像是得到了救星一樣，連聲道：「是！是！我實在未曾見過你！」

這一句話，令得一直遏制着憤怒的鐵輪，陡地發作了起來，「砰」地一聲，重重一拳，打在面前的矮几上，嚇得雲子忙不迭向後，閃了閃身子。

鐵輪接着道：「那麼，要不要我向你介紹一下自己？」

雲子吞着口水，道：「好！好！」

鐵輪將聲音壓得十分低沉：「我是一個第一流的職業殺手！」

雲子嚇得心怦怦亂跳。可是鐵輪接下來所說的話，卻嚇得雲子的心，幾乎停止了跳動。

「一個月之前，一個夜晚，」鐵輪的聲音仍然極低沉：「是你找到了我，要我去殺死一個叫板垣一郎的人！」

雲子足足呆了一分鐘之久，才能夠有所反應，她先是站了起來，胡亂地揮着手，口中不住地道：「先生，請不要胡說，請不要胡說，沒有這樣的事！」

雲子不斷否認着，鐵輪只是冷冷地望着她，過了好一會，等雲子揮手的動作已漸漸慢了下來，才道：「其實也不要緊，我做得極乾淨，沒有人知道是我做的事。不過，和過往不同的是，以前，我接受委託，委託人從來不和我見面，更不知道我住在什麼地方，但你卻有點特別，我們不但見過，而且你知道得太多，在我的職業而言，我不能不隄防一下！」

雲子愈聽愈急，幾乎哭了出來，語言之中已經帶着明顯的哭音：「先生，你說些什麼，我完全不明白！」

鐵輪吸了一口氣：「我也有不明白的地方，要請你解釋，例如，你怎麼知道我那麼多？」

雲子真正地哭了起來：「我什麼也不知道，我……你根本是一個陌生人，我對你什麼也不知道！」

鐵輪的神情在惱怒之中，夾着揶揄：「當年你離開靜岡到東京來，如果不是唱歌，而是做演員的話，你已經是國際大明星了！」

雲子淚流滿面，她真感到害怕，像是自己在黑暗之中，墮進了一個無底的深淵之中。她一面抽泣着，一面只是翻來覆去地講着同一句話：「我真不知你在說什麼！」

鐵輪陡地大喝了一聲，止住了雲子的哭聲。同時，他粗暴地抓住了雲子的手臂，將坐着的雲子硬提了起來：「你或許未曾想到，上一次，由於你來得這樣突然，我必須保護自己，將你的一切行動，全都記錄下來了！」

雲子仍不知道鐵輪在講些什麼，在充滿淚花的眼中看來，只覺得鐵輪的樣子，真是兇惡得可以。

雲子很快就明白了「全部記錄下來了」是什麼意思。「全部記錄下來」，就是將事情發生的經過，全部通過電視攝像管，用錄影帶記錄了下來。

雲子被鐵輪拉進了一間地下室，看到了記錄下來的一切。

而當雲子看完了「記錄下來的一切」之後，她癱坐在一張椅子上，可是在感覺上，卻像是飄浮在雲端，她的雙手緊緊地抓住了椅子的扶手，可是神情還像是怕從雲端掉下來。

鐵輪銳利的眼光一直注視着她，在等着她的答覆。

雲子在過了好久之後，才不斷地重複着同一句話：「那不是我，那是她！我也見過她，她一個人，關在一間空房間裏哭泣！」

雲子看到的是什麼呢？

以下，就是雲子看到的，「記錄」下來的一切。

電視錄影帶的帶盤在轉動着，連接着的電視放映機在螢光屏上，先是出現了一連串雜亂的線條，接着，便有了畫面，畫面是鐵輪住所的門，雲子剛才在這個門口，看到了門旁的木牌，才知道這個高大英俊的男人姓「鐵輪」。可是這時，她卻看到，就在這個門口，她站着，在不斷按着門鈴。

（剛才明明沒有按門鈴，是鐵輪先生來到門前，打開了一個鐵盒子開門的！雲子想着，心中極度駭異。）

螢光屏上看來，在按門鈴的雲子，神情極焦切，而且有一種深切的悲哀，不過這種悲哀，正被一種極度的仇恨所掩遮。

門打開，雲子急急向內走進來。（雲子駭異更甚，真是來過這裏的，一走進門，可不是那條碎石鋪成的小徑？）

碎石鋪成的小徑並沒有出現在螢光屏上，又是一連串不規則的線條之後，看到的是廳堂，雲子坐着，坐在她對面的是鐵輪。

鐵輪的神情，看來是驚惶之中帶着疑懼，雲子則反而直盯着他。鐵輪先開口：「請問小姐是——」

雲子道：「我叫大良雲子！」（雲子又嚇了一大跳。一般來說，自己聽自己發出的聲音的錄音，會有一種陌生的感覺。因為人在聽自己說話的時候，不是通過耳膜的震盪而得到聲音，但是聽一切外來的聲音，卻全是從耳膜的震盪，得到聲音。所以，一個人初次聽到自己聲音的錄音時，會有「那不是我的聲音」的感覺。）

（但是雲子卻不一樣，因為她是一個職業歌星，平時在練習的時候，已經習慣將自己的聲音用錄音機錄下來，再播放出來聽。所以她對於記錄下來的自己的聲音，極其熟悉。）

（那的確是自己的聲音！雲子可以肯定。她的身子在發着抖，不明白這是怎麼一回事。）

記錄下來的一切，還在螢光屏上進行着。鐵輪略揚眉：「請問有什麼指教？我好像不認識你——」

雲子打斷了鐵輪的話頭：「我認識你，你有好幾十個不同的化名，現在，在東京，你用的名字是鐵輪！」

鐵輪的神色變得極度難看，面肉抽搐着。雲子卻接着又道：「你的收入很好，而且完全不用納税，你是一個第一流的職業殺手！」

鐵輪的面色更難看到了極點，兩個人對坐着，鐵輪看來高大而強有力，雲子看來嬌小纖弱，但是高大的鐵輪，分明完全處於劣勢。

鐵輪正竭力想扭轉這種劣勢，他現出十分勉強的笑容：「小姐，我不知道你在説些什麼！」

雲子忽然笑了起來，伸出手來，作了一個手勢，示意鐵輪接近她一點。鐵輪神情勉強地向前俯了俯身子。雲子也伸過頭去，在他的耳際，低聲説了幾句話。

那幾句話，令得鐵輪大是震動，伸手抓住了矮几的一角，整個人都坐不穩！

（雲子看到這裏，禁不住苦笑。她想：我説了什麼，令他那麼吃驚？這幾句附耳而説的話，聲音極低，所以並沒有錄下來，可是，真的，自己絕未曾對他說過什麼，那個來看鐵輪的女人不是自己！）

（那女人不是自己，是她！雲子突然想起了那個躲在空房間裏的女人，是她，一定是她！雲子心中不斷叫着：是她！）

螢光屏上的事情在繼續發展，看到鐵輪陡然站了起來，面肉抖動，急速踱着步，雲子則以一種憐憫的神情望着他。鐵輪在踱了一會之後：「請問，這些事，你是怎麼知道的？」

雲子道：「有人告訴我的！」

鐵輪像是被灼紅的鐵塊烙了一下，陡地叫了起來：「誰？誰告訴你的？」

雲子道：「當然有人！」

鐵輪的神情驚異莫測，指着雲子：「你……你究竟想……怎樣？」

雲子咬牙切齒，現出了一個極度憎恨的神情來，道：「對你來說，其實很容易，我要你殺一個人！」

鐵輪盯着雲子。

雲子繼續道：「這個該死的人叫板垣一郎！」

鐵輪並沒有説什麼，只是吞一口口水，可以清楚聽到他吞口水的聲音。

雲子的神情愈來愈充滿着恨意：「這個板垣一郎，我是他的情婦，他不住説愛我，可是每次只見我幾小時，回去就摟着他的妻子睡覺，我要他死，他用他的錢在玩弄我，我要他死！」

鐵輪已鎮定了下來，冷冷地望着雲子！

（雲子更吃驚。）

（真是那樣恨他！雲子在想：我不敢那樣恨他，一點不敢，因為他供給我的生活費用，養着我，我就算那樣恨板垣，也一定將恨意埋藏在心底，不會對任何人講出來！可是，為什麼竟然講出來了？那要殺板垣的不是我，是她，是那個在空房間中哭泣的女人！）

鐵輪道：「要是我殺了這個叫板垣的人——」

雲子道：「那麼，你的秘密，就永遠不會有人知道！」

鐵輪冷冷地道：「其實，我不必去殺什麼人，只要——」

鐵輪講到這裏，伸出手來，向雲子作了一個「射擊」的手勢。

鐵輪的意思再明白也沒有，要他的秘密不泄露，只要殺了雲子就行。

（雲子看到這裏，心中很吃驚，那怎麼辦？他說得對，去威脅一個職業殺手，那是最愚蠢的事，會招致殺身之禍！）

可是，在螢光屏上的雲子，卻十分鎮定，發出了兩下冷笑聲：「你一定知道，我既然敢來找你，自然已經將我知道的一切，交託了一個可靠的人，只要我一死，這些秘密，就會公布出來！」

鐵輪拉長了臉，神情變得十分難看，雲子又道：「怎麼樣？這是很公平的交易！」

鐵輪伸手在臉上撫摸了一下：「我想，你可能只是一時衝動，你要殺的人，是你的情夫，雖然他用他的金錢，佔用了你的肉體。但是這種賣買，在大都市中，十分普遍，也沒有什麼人強逼你，你何至於要殺他？」

（我是不要殺他——雲子心中叫着：誰要殺板垣？要殺他的人不是我，是另外一個女人，那個躲在書房中哭泣的女人！）

不過，螢光屏上出現的情形，卻和看着電視的雲子所想的，大不相同。

螢光屏上的雲子，現出一種相當狠毒的神色來：「當然，我另外有要殺他的原因！」

鐵輪搓着手，道：「好，講給我聽。我在下手殺人之前，總喜歡知道會死在我手下的人，有他致死的原因！」

雲子盯着鐵輪半晌，打開手袋，取出了一柄手槍來，放在她和鐵輪之間的矮几上，道：「請你看看這柄槍。」

（雲子看到這裏，更是吃驚！一柄手槍！我根本沒有手槍，而且，一輩子也沒有碰過這樣可怕的東西。那當然不是我，是那個女人！）

錄影帶的轉盤在繼續轉動，螢光屏上也繼續在播映着當日記錄下來的實際情形。

鐵輪猶豫了一下，自几上拿起了那柄手槍，槍到了鐵輪的手中，就像是麵粉團到了麵包師傅的手中一樣。

第十部

特製手槍殺人又自殺

鐵輪一下子就卸出了子彈夾，子彈夾中，有兩顆子彈。鐵輪再將槍移近些，審視了一下，突然現出極度吃驚的神色來，一下子，又將槍打了開來，拆成三個部分，然後，用一種極度疑惑的神情望着雲子：「這柄槍……這柄槍，你是哪裏弄來的？」

雲子並沒有回答鐵輪這個問題，反問道：「你是職業殺手，對各種殺人利器，一定有深刻的研究，照你看來，這是一柄什麼性質的手槍，有什麼特殊性能？」

鐵輪深深吸了一口氣：「這樣的槍，我以前，只看到過一次，這是第二次——」

他講到這裏，抬頭向雲子望來：「你不可能有這樣的手槍！」

雲子盯着鐵輪，說道：「你先別管我是怎麼得到這柄槍的，請告訴我，這柄槍特別在什麼地方？」

鐵輪又吸了一口氣，拿起子彈夾來：「好，我可以告訴你，你看，子彈夾中，一共有兩顆子彈，這種槍，也只能發射兩枚子彈。看來，它和一般手槍沒有分別，事實上，如果不是專家，也根本察看不出。可是這是一柄經過極其複雜的技術製造出來的槍，當你扳動槍機時，兩顆子彈同時發射，一顆子彈射向前，另外一顆，自槍柄部分射出來，射向後面！」

雲子的神情很鎮定，她作了一個手勢，示意鐵輪將拔開來的槍再裝好，鐵輪只花了三秒鐘就做到了這一點。雲子將槍接了過來，握着，將槍放近自己的額角，作出射擊的姿勢：「鐵輪先生，如果我用這樣的姿勢，扳動槍機，而我的目的是殺一個人，想將子彈射進對方的頭部，結果會怎樣？」

鐵輪乾笑了幾聲，道：「我剛才已經解釋過了，兩顆子彈同時由相反的方向一起射出來，你射殺了你要殺的人，同時也有一顆子彈，射進你自己的頭部！」

雲子低下頭，將手槍放在矮几上。

鐵輪道：「你為什麼要這樣問？實際上不會有人這樣做，那一定會殺死自己！」

雲子低着頭，可以清楚地看到她的睫毛因為眼睛的急速開合而在顫動，她的聲音聽來倒很平靜，說道：「有人給了我這柄槍，叫我去殺一個人，而且強調，我一定要用剛才的那種姿勢握槍，才能一下子射中對方的腦部，令得對方幾乎毫無痛楚地立時死亡！」

鐵輪發出了「哦」的一聲，神情更是疑惑：「這個人——」

鐵輪的話還沒有說完，雲子已接下去道：「這個人告訴我，只要我殺了那個人，他就可以自由，他可以和我結婚，我們可以在一起過無憂無慮的快樂生活，我們之間的一切，都可以公開！」

鐵輪極吃驚，說道：「這個人——」

雲子道：「這個人就是板垣一郎，他叫我殺的人，是他的妻子貞弓！」

鐵輪吞下了一口口水，顯然這樣的事，即使在一個職業殺手聽來，也足夠震驚。他道：「那麼，板垣的目的，不單要殺死他的妻子，而且，連你也一起殺死！」

雲子抬了一下頭，臉上有一種木然的悲哀的神情：「我想是的，他將槍給我，教我怎樣開槍，又告訴我，他的妻子貞弓，在兩天後，有一個婦女界的集會，到時會有很多人，在一家禮堂外面，只要我向她走過去，開上一槍，立即逃走，不會有人捉得住我。而且，我和貞弓之間一點關係也沒有，絕不會有人懷疑我是兇手！」

鐵輪悶哼了一聲：「他也答應了你，貞弓死了之後，就由你代替貞弓的位置？」

雲子咬着下唇，點了點頭。

鐵輪又問道：「那是任何情婦都想得到的地位，你為什麼不做？」

（雲子一直看着，沒有出聲。這時，她反倒不覺得驚奇，只是被螢光屏中那種奇異的故事情節所吸引，像是在觀看一齣引人入勝的電視劇，彷彿事情與她全然無關！）

（事實上，她也不認為事情和她有關，她一直肯定，螢光屏上的那個不是她，是另外一個女人，板垣或者曾叫過那女人幹這樣古怪的事，誰知道那女人和板垣是什麼關係！）

（雲子想到這裏，心中突然又起了一種極其奇異的感覺，這個女人，如果不是自己，那麼，她是什麼人？何以自己第一次看到她的時候，有強烈的、幾乎立刻肯定「看到了自己」的那種感覺？）

螢光屏上的雲子，口角略為牽動了一下：「我當時很震驚，連接過手槍來的勇氣都沒有。可是板垣不斷告訴我，貞弓一死，我就可以得到一切。我可以晉身上流社會，從一個來自貧窮小地方的九流歌星，可以變成一個成功商人的妻子。他又一再說他是如何愛我，這樣的秘密來往，使他覺得痛苦，也使我覺得痛苦，除了這個辦法之外，不會有第二個解決方法，因為他不可能和貞弓離婚，他也一再向我保證，只要我照他的方法去做，貞弓會在毫無痛苦的情形下死亡！」

鐵輪喃喃地道：「你也一樣，我相信，不會有什麼痛苦。」

雲子現出一個十分苦澀的笑容：「我被他說動了心，也感到只要除去了貞弓，我幾乎可以得到一切，所以我接過了手槍，答應他到時照他安排而行事。板垣又說，事情發生之後，警方一定以為那是一個女瘋子無目的殺人，只要我當時稍為改變一下外型，永遠不會有人找到我！」

鐵輪「唔」的一聲，不置可否。雲子繼續道：「從我接過手槍起，我就決心開始行動——」

鐵輪道：「可是，你沒有做，貞弓還活着，你也活着。」

雲子道：「是的，那是因為在行事前的一個小時，有一個印度人來見我，對我說了一番話的緣故。」

（雲子看到這裏，忍不住罵了一聲：「見鬼！」）

（印度人！）

（雲子在記憶之中，見過印度人的次數不會超過三次，每次都只不過以好奇的眼光打量他們一下，從來也未曾和印度人有過任何的交往！印度人！）

螢光屏上，鐵輪的神情也很驚訝：「印度人？事情和印度人又有什麼關係？」

雲子道：「我也不明白，那天，我記住了貞弓參加集會的時間，一小時之前就開始準備。我戴了一個假髮，又改變了化妝，配上太陽眼鏡，還穿了一件可以翻起衣領來的衣服，將手槍放在手袋裏，才一出門，就看到那個印度人，站在我的門口，看樣子正準備敲門。」

鐵輪問道：「你以前見過他？」

雲子道：「沒有！那印度人一見我，就道：『大良雲子小姐？』我感到十分驚訝，點了點頭，印度人又道：『將你手袋中的手槍取出來，我告訴你這柄手槍特別的地方！』當時我一聽，整個人都軟了下來，根本連站穩身子的氣力都沒有，向一旁倒了下去，印度人扶住了我。我只覺得全身都在冒汗，恐懼到了極點，所以任由印度人扶着我坐下來，他又去將門關上，我除了睜大了眼望着他之外，什麼也不能做。」

鐵輪「哼」地一聲：「當然，任何犯罪者被人識破之後，總是這樣子的！」

雲子像是根本沒聽得鐵輪在說什麼，只是自顧自說下去。

她繼續道：「印度人將門關上之後，伸手向着我，我沒有力量可以抗拒他，自然而然，打開手袋來，將包在手帕中的槍，交給了他。他接過了手槍，和你一樣——」

雲子講到這裏，伸手向鐵輪指了一指，才道：「他一下子就將槍拆了開來，向我解釋這柄槍的特殊地方，並且對我說道：『只要你一扳槍機，死的不單是貞弓，也包括了你！』我當時吃驚得難以形容，只是不住地道：『板垣為什麼要殺我？板垣為什麼要殺我！』」

鐵輪揚了揚眉：「這位板垣先生，除了你之外，一定另外有比你條件更好的情婦！所以他要利用你殺他的妻子，好將你們兩人一起除去！」

雲子尖聲叫了起來：「不可能！不是這樣！板垣只有我一個情婦，他年紀不輕，雖然身體很好，可是有時和我一起，也有點力不從心，不會有第二個情婦。他只不過是想除去貞弓，又怕沒有貞弓之後，我會纏住他，妨礙他去找更好的女人，所以連帶也要將我除去！」

鐵輪搖着頭，道：「那看來和我的推測，沒有什麼不同！」

「當然不同！」雲子的聲音仍然尖厲：「至少，他有我，不再會有第二個女人！」

鐵輪的聲音很低，但還可以聽得清楚，他在道：「這算什麼？這也算是自尊心？」

（雲子看到這裏，睜大了眼，簡直不相信自己看到的是事實。一切全都太荒誕了，自己怎麼會做這樣的事？怎麼會講這樣的話？那個女人究竟在玩什麼把戲呢？）

螢光屏上的雲子，現出一種哀傷的神色來，對於鐵輪的那句話，她居然並沒有什麼反應，只是喃喃地道：「或許是，自尊心，雖然像我這樣，被人玩弄，但是我一定也有自尊心，是不是？」

鐵輪歎了一聲，望着雲子，神情顯得很同情：「那印度人——」

雲子吸了一口氣：「那印度人看來像是很同情我的處境，他對我説：『雲子小姐，板垣要殺你，你準備怎麼樣？』我心中氣甚，連想也不想，就道：『我要先殺了他！』……」

雲子續道：「印度人聳了聳肩：『你自己沒有本事去殺人，我倒知道有一個職業殺手，東京是他的活動重點，這個職業殺手在東京所用的名字是鐵輪——』」

雲子講到這裏，向鐵輪望了一眼。

鐵輪的臉色變得很難看，發出了一下悶哼聲。雲子繼續道：「我問那印度人：『怎樣才可以找到這個殺手？』印度人告訴了我你的地址，又告訴了我你的一些秘密——就是我剛才低聲告訴你的那些，看來那真是你的秘密，是不是？」

鐵輪的臉色更難看，雲子道：「印度人講完之後，就自己開門出去了！

我就照他說的地址來找你！」

雲子講到這裏，停止了不再說，望着鐵輪，兩人都好一會不講話，鐵輪才道：「好的，我替你去殺板垣一郎！」

鐵輪在說及答應去殺一個人之際，他的語氣如此之平淡，就像是去做一件最普通的事情一樣。而雲子聽了之後，居然站了起來，向鐵輪鞠躬行禮：「謝謝你！你幫了我一個忙，謝謝你了！」

鐵輪現出一種苦澀的神情來，想說什麼，但是並未發出聲來，雲子已道：「鐵輪先生既然已經答應，我該告辭了！」

她一面說，一面向外走去，鐵輪並沒有送她出去，只是怔怔地望着她的背影。

錄影帶到這裏，也已播放完畢，鐵輪走過去，按下了停止掣，然後轉過身來，盯着雲子。雲子立時叫了起來：「那不是我，那是她！我也見過她，她一個人，關在一間空房間裏哭泣！」

鐵輪的目光愈來愈淩厲，大踏步走過去，抓住了雲子的手臂，他的手指是那麼強而有力，令得雲子手臂生痛。鐵輪振動手臂，將雲子提了起來，厲聲道：「你再説一遍！」

雲子説的還是那句話：「那不是我，那是她，我也見過她的，她一個人關在一間空房間哭泣！」

在接下來的半小時之內，鐵輪軟硬兼施，威逼利誘，要雲子説出真相來，雲子也説出了她見到「那女人」時的實際情形，可是仍然堅持「那不是我」。

到後來，鐵輪無法可施，打開了一瓶酒，大口喝着，酒自他的口角流下來，他也不去抹乾。他來到坐在沙發上的雲子面前，雙手撐在沙發的扶手上，俯視着雲子。他是身形高大強壯的一個男人，嬌小的雲子，在他這樣的俯視下，除了怯生生地回望着他之外，無法有別的反應。

鐵輪苦笑了一下：「雲子小姐，我是一個職業殺手，無時無刻不在提心吊膽，我不想被人知道我的任何秘密！」

雲子無助地道：「我根本不知道你任何秘密，那女人不是我，是她！」

鐵輪已經聽雲子講過她看到「那女人」的經過，他只好苦笑：「希望你對任何人都這麼說，但是，那個印度人，他竟然知道我的秘密，我一定要將他找出來，我不但不能容忍人家知道我的秘密，也想知道，那個印度人是憑什麼知道我的秘密的！」

雲子幾乎要哭了出來：「我根本沒見過什麼印度人！」

鐵輪的濃眉打着結，雲子歎了一聲：「你根本不相信我說的話？」

鐵輪悶哼了一聲，挺直了身子：「好，你堅持說見過一個和你一模一樣的女人，她在哪裏，你帶我去見她！」

雲子吞下了一口口水：「全東京的警察都在找我，那地方……是我和板垣幽會的場所，如果你去了——」

鐵輪道：「多謝你關心我，我為了找你，也花了不少心血，警員就算看到了我，也認不出我是什麼人來，你放心好了！我一定要見一見你說的那個女人！」

雲子有點無可奈何地歎了一聲：「好，我帶你去！當晚我一看到她，驚駭莫名，奪門奔逃，我不敢肯定她是不是還在那裏！」

鐵輪來回踱着步，沒有開口。

雲子又道：「那個地方，警方早就知道了，可能，可能——」

鐵輪的聲音突然變得極嚴厲：「除非你一直全在説謊，不然，立刻帶我去！」

鐵輪幾乎已在大聲吼叫了，雲子順從地站了起來。鐵輪又抓了她的手臂，回到了廳堂。雲子拿起了手袋，和鐵輪一起離開，登上了鐵輪停在門口的車子，向雲子曾見過那女人的地方，也就是她和板垣幽會的地方駛去。

在我對健一表示我要到印度去找那個印度人之後，健一一直不贊成我做這種沒有結果的事。

但是我卻覺得，關鍵在那個印度人身上，若不找到那個印度人，一切怪異的問題全得不到解決。

所以，我和健一之間，發生了一點爭執，我在當日下午七時左右，登上了一架印度航空公司的飛機，直飛印度。

我再也未曾想到，在登上了航機之後的兩小時，當我處身於接近一萬公尺高空之際，我會又聽到了健一的聲音。

當時，我正舒服地靠在座椅上，閉目養神，一位額心點着硃紅印記的空中小姐，來到了我的身邊，用柔軟的聲音道：「對不起，打擾你了！」

我睜開眼來，不知發生了什麼事，只看到空中小姐的身邊，還站着一個穿制服的機上人員，看來相當高級。

空中小姐問道：「衛斯理先生？」

我點了點頭。那穿制服的男人就向空中小姐作了一個手勢，示意她離開，我已經意識到有什麼事發生了，所以站了起來，那男人先示意我跟他一起走，走向駕駛艙，一面自我介紹道：「我是副機長！」

我「哦」地一聲：「有什麼意外？」

副機長道：「不算是什麼意外，東京警方，有一位警官，健一先生，要求和你作緊急通話。我們有義務讓你和他通話，但希望將通話的時間，盡量縮短！」

我吃了一驚，心中也有點惱怒，健一這傢伙，上次將我從飛機場叫了回去，發生了那麼多事，這次，又緊急到要利用航機上的無線電系統和我説話，不知又發生了什麼大事？

我連聲答應着，和副機長一起走進了駕駛艙，一位通訊員將一副通話的耳機遞了給我，我立時道：「健一，什麼事？」

健一的聲音也立時傳了過來，他的聲音之中，充滿了興奮：「謀殺板垣一郎的兇手找到了！」

我陡地震了一震：「是麼？是什麼人？他為什麼要殺板垣？」

健一的聲音又顯得很懊喪：「可惜，死了！你能不能盡快回來？有些事情很怪，我一點也沒有頭緒！」

我被他說得心癢難熬：「我怎麼回來？航機已飛出了日本領空，你也無法令航機折回來，要是我手上有一枚手榴彈，或者可以令飛機回來！」

我和健一講的是日語，沒想到無線電通訊員聽得懂，他立時現出極緊張的神色，我忙向他作了一個鬼臉，才使得緊張的氣氛緩和了下來。

健一道：「飛機會在香港停留一下，你在香港下機，立時轉機回東京！」

我苦笑了一下，這樣子趕來趕去，簡直是充軍了！

我道：「值得麼？」

健一道：「一定值得，要不然，你可以再也別理我，還有一點，雲子也找到了！」

我吞下一口口水：「也……也死了？」

健一道：「沒有，不過她說了一個世界上沒有任何人會相信的故事，現在，在警方扣押中，正在接受精神病專家的檢查！」

我道：「或許她受到了過度的刺激！」

健一道：「或許是，不過在她說及的怪誕故事之中，有兩點，你一定會感到興趣，第一點，她提及了一個印度人。第二點，她提及在那間怪房間中，曾看到過一個和她一模一樣的女人，正在傷心欲絕地哭泣！」

我「嗖」地吸了一口氣：「她……她看到了她自己！」

健一道：「可以這樣說，你是不是立刻就轉機來？」

我罵了他一句：「你是個流氓，你明知我一定會來！」

健一哈哈大笑了起來，在他的大笑聲中，我將聽筒還給了通訊員，並且拍了拍他的肩，表示感謝。通訊員猶有餘悸地望着我，我本來還想開點玩笑，但繼而一想，這種玩笑還是別開的好，所以沒有出聲，就走出了駕駛艙。

接下來的幾個小時之中，落機，等在機場，再登機，再落機，我又回到東京的時候，天還沒有亮。

健一在機場等我，登上了他的車，車子直駛到目的地，我下車一看，做夢也想不到健一一下子就會帶我到這樣的地方來。

健一自機場一接了我，就直將我帶到了殮房來。殮房存放死人，和死人有關的地方，總有一種陰森寒冷的感覺，或許這是由於人類到如今還未能勘破生、死之謎的緣故。

健一顯然是殮房的常客，他和職員一聯絡，就到了冷藏房，拉開了一個長形的鐵櫃，掀開了白布。

我在健一掀開了白布之後，看到了一張生得相當英俊、很有性格、約莫三十五六歲的男子的臉。

那男子的雙眼仍睜得極大，膚色相當黑，已經結了一層冰花在他的臉上。健一伸手，抹去了他臉上的冰花：「酒店的職員已來看過，認出他就是板垣死的那天，租用了那間房間的男子。」

我皺了皺眉，道：「職業兇手？」

健一道：「一定是，而且掩飾得極好、極成功的第一流職業殺手，我們已有了屍首，可是卻一點也查不出他的來龍去脈，只知道他叫鐵輪。」

我將白布拉開了些，看到死者結實的胸膛上，有着好幾個槍彈射穿的孔洞，看來黑黝黝的，極其恐怖。

我忙又蓋上白布：「這個……鐵輪，是怎麼死的？好像有不少人曾向他開槍！」

健一道：「是的，有四位警員，曾向他射擊，他一共中了八槍！」

我道：「槍戰？在哪裏發生的？」

健一道：「就在板垣和雲子幽會的那地方。」

健一將三個地方列為這件案子的主要需要注意的地點。一個是雲子的住所，一個是板垣的住所，而他認為最重要的，則是那個幽會場所。

健一在三個地方，都派了幹練的人員駐守，他派的是便衣人員，在幽會場所的八個探員，每四人一組，分成日夜班，二十四小時監視。在當班的時候，一個穿着管理員的制服，守在大堂。另外兩個，扮成清潔工人，在樓梯口，還有一個，則扮成電梯修理工人，不斷在電梯中上上落落，監視着每一個人。

健一當時也對我解釋過這樣佈置的目的，說是那印度人既然布置了這樣一間怪房間，他可能捨不得放棄，會回來。

他也對我說過，在這裏等那印度人出現，可能比到印度去找那印度人更有用。當時，我講了一個中國的成語故事「守株待兔」給他聽，氣得他半晌說不出話來。

這時，他可能存心報復，當我再問到進一步的情形之際，他不立刻回答我，只是道：「讓你聽四個探員的直接敘述，比較好得多，別心急，他們全在我的辦公室中。」

我拿他沒有法子，只好跟他再上車，到了他的辦公室。

四個探員已在他的辦公室中，那四個探員的樣子，我也不想多描述了，四個人，我簡單地稱之為甲、乙、丙、丁。

這甲、乙、丙、丁四個幹練的探員，向我敘述事情發生的經過。

第十一部

第一流職業殺手之死和秘密

「我被派駐在大廈的大堂，」甲說：「穿着大廈管理員的制服，每天十二小時，從晚上七時到早上七時，坐在大堂的櫃台後面，有夜班的管理員陪我，可是那管理員卻是一個言語十分乏味的老人！」

健一悶哼道：「你想栗原小卷來陪你？」

探員甲聽到了他的上司這樣諷刺他，現出了一種十分尷尬的神色來，幾乎囁嚅着難以再講下去。

我笑道：「的確，那是很悶的事，但長時期的等待，究竟有了代價，是不是？」

探員甲一聽得我這樣講，立時興奮了起來，連聲道：「是的，是的，有價值，那天晚上——」

探員甲吸了一口氣，帶點怯意地向健一望了一眼：「那天晚上，我正昏昏欲睡，大廈的玻璃門推開，一男一女，走了進來，我一眼就看出，那女的，雖然戴着黑眼鏡，也豎高了衣領，但絕對可以肯定，她就是我們千方百計要找的大良雲子！」

探員甲又道：「當時我的心情緊張極了，幾乎雙手一按櫃台，就要翻跳出去，但是立即想到，可能打草驚蛇，所以偏過頭去，假裝沒看到，一等到他們兩個人進了電梯，我立時通知守在上面的同事——」

探員甲講到這裏，補充了一句：「我們配備有無線電對講機。在上面守着的，是他們兩位——」

探員甲向探員乙、丙指了一指。

探員乙、丙一起站了起來，向我行了一個禮，探員乙道：「我們一接到了通知，簡直不敢相信，還以為夜班工作無聊，和我們開玩笑。可是看着電梯，電梯又的確是在向上升來，所以我們兩人，立時採取行動，先佔據了有利的地位，躲在樓梯角上，可以看到從電梯中走出來的人。不久，電梯門打開，那一男一女走了出來，我們也立時可以肯定，那女的真是大良雲子！」

探員丙接下去道：「當時我們真是緊張極了！我們並沒有立時採取行動，

因為這時，如果現身，那一男一女可以有幾條路逃走。所以我們等着。雲子在出了電梯之後，取出鑰匙來開門，那男的神情十分機警，跟在雲子的後面，四面看着，我們連氣都不敢透，唯恐被他發現——」

健一聽到這裏，揮手叱道：「少廢話，不必加什麼形容詞，不是叫你寫小説，是叫你講事情的經過！」

探員丙作了一個鬼臉，繼續道：「是。等到大良雲子開了門，走進去，那男人也跟了進去，我立時和同僚聯絡，在大堂的，和在樓梯角處守候着的兩人，在他們剛一進屋子時，也就趕了上來。」

探員丁繼續説下去：「我是在接到了無線電對講機的通知之後趕到的，我到的時候，那一雙男女已經進了屋子，我們商量了一下，決定撞門而入。我先去按門鈴，立時傳來一個緊張的男人聲音：『什麼人？』」

為了使事情的經過，容易明白起見，不再用四個探員叙述的方式，而將他們叙述出來的經過，作一番整理之後，再加以記述。

探員丁按門鈴，在裏面的一男一女，女的是雲子，男的自然是鐵輪，探員丁聽到的那個緊張的男人聲音，在問「什麼人」，那自然是鐵輪發出來的。

探員丁立時回答：「是大廈管理員，才看到你們上來，你們很久沒有來了，有一點事情，需要通知你們！」

鐵輪的聲音，自內傳來，喝道：「現在沒有空，明天再來！」

在門外的四個探員互望了一眼，作了一個「撞門」的手勢。

他們等了那麼久，好不容易等到了雲子，當然不肯「明天再來」，而且，雲子就在那個居住單位之內，沒有別的出路，他們守住了門口，撞門而入，當然是最恰當的拘捕雲子的方法！

就在四人交換了一下手勢之後，探員甲、乙向後略退，探員丙、丁已向前衝去，準備用自己的肩頭去撞門，將門撞開來，可以衝進去。然而，也就在這一剎那間，只聽得門內，傳來了一下極其尖銳的女子尖叫聲。

發出這下尖叫聲來的，當然是雲子。

四個探員在門外，那時的心情，雖然十分緊張，但是還是可以清楚的聽到那女子（雲子），在叫的是什麼，她叫道：「看，是她，不是我！」

緊接着，探員丙、丁的肩頭，已經撞上了門。

只不過一下子，並沒有將門撞開，他們撞上去的力道雖然大，但是第一下撞擊，只不過令得那扇門劇烈地震盪了一下。

就在他們撞上門，發出隆然巨響之際，又聽得門內，那男子（鐵輪）的聲音，高吭而充滿了恐懼，在嚷叫：「你是誰？你究竟是誰？」

探員丙和丁的動作十分敏捷，一下子撞不開門，立時後退，又去撞第二下，他們聽到鐵輪的叫聲，是他們的身子後退，再撞向前的那一剎那的事。

第二下撞門，十分成功，門被撞開。由於兩人撞擊的力量大，門一被撞開之後，探員丙、丁的身子，不由自主，向內跌了進去。

探員丙、丁一跌進去，探員甲、乙立時也準備衝進屋子。

就在這時，槍聲響起。

槍聲一連兩響，探員甲、乙立時伏向地上。

他們一伏向地上，就看到那男子（鐵輪）的手中，握着一柄威力強大的軍用手槍，神情像是瘋了一樣，手指緊扣在槍機上。任何有經驗的警務人員一看，就可以知道這個握槍的人決計沒有停手的意思！

所以，探員甲和乙，在那樣緊張的情形之下，也根本不及去察看剛才那兩下槍響所造成的後果，一面在地上打着滾，一面也已拔出了槍來，而且，一拔槍在手，幾乎毫不猶豫就向對方射擊。

探員甲、乙手中的槍響了起來，鐵輪手中的槍，也同時響起，同時，在房子的一角，也有槍聲響起。

探員甲只覺得自己的肩頭，先是一陣發涼，接着是一陣灼熱，在極短的時間內，他只覺得自己右手臂上的力量，在迅速地消失。但是在力量消失之前，他還來得及連扳了四下槍機，將手槍中所剩下的四顆子彈，一起發射出去。

探員乙的情形比較好，他滾到了一張沙發之後。在沙發之後，向着鐵輪發射。

至於探員丙和丁，他們一撞門進來，槍聲就響起，他們全是久經訓練的警務人員，在槍聲未響之前，他們已看到了有人握槍在手。

所以他們在槍聲響起之前就伏向地上。

鐵輪首先的兩槍，沒有射中探員丙、丁，探員丙、丁由於機警的緣故，避開了鐵輪射過來的兩槍。他們在事後回憶中，一講起當時那一剎那的情形來，就臉色發白。因為鐵輪是真正的神槍手，兩人的生命在那一剎那，簡直是一隻腳已進了鬼門關，子彈在他們的額旁擦過，甚至灼傷了皮膚！

他們一面避開了射來的子彈，一面也已拔槍在手，所以，當鐵輪第二次又扳動槍機之際，他只來得及射出了兩枚子彈——一枚射中了探員甲的肩頭，一枚射進了沙發。

而四個探員發射的子彈，一共是二十一顆，其中，大多射進了鐵輪的身子。

接下來發生的情形，四個探員的敘述眾口一詞，可知那一定是事實。

鐵輪在身中多槍之後，身子轉了一轉，可能是他主動轉動身子的，也有可能是子彈的射擊力量，使他不得不轉過身去。

但不論怎樣，鐵輪在轉過身子之後，面對着那扇打開了的書房的門。

那時，大良雲子正站在書房的門旁。

半分鐘之前，在這間小小的客廳之中，一共超過二十顆子彈，呼嘯橫飛，雲子居然沒有中流彈，那可以説是一個奇蹟。不過，那時四個探員都沒有注意雲子，只是留意中了彈之後的鐵輪。

據四人的敘述，鐵輪在轉過身去之後，血自他中彈處湧出來，滴在地上，在槍聲靜寂了之後，連血滴在地上的聲音，都一下一下可以聽得清楚。

鐵輪居然沒有立即死去，他轉過身之後，還向前跨出了一步——這一點，有兩個探員説，他事實上只是提了一下腳，想跨出一步而已，這其實無關緊要——身子向着書房的門，仆跌在地，手發着抖，揚起來，指着書房，用極其微弱的聲音問道：「你是誰？」

鐵輪在問出了那一聲之後，頭低下來，手也一下子落到了地上，死了！

以上，是鐵輪臨死之前的詳細情形。

我聽四個探員講述鐵輪死前的情形，情形大致上可以了解。

鐵輪是職業殺手，當然有槍在身。

兩個探員突然衝進去，鐵輪的第一個反應，自然是想擊傷闖進來的人，從而逃脫。可是他所遇到的卻是四個久經訓練的探員，而任何受過訓練的警務人員，在這樣的情形下，一定會還擊，四個探員一起還擊的結果，就是鐵輪的死亡。

令我所不能理解的是，根據四個探員的叙述，他們第一下撞門之後，鐵輪已經在裏面，高叫過一聲：「你是誰？」

而在他臨死之前，他還轉向書房的門，盡了他最後的一分力量，又問了一句：「你是誰？」

「你是誰」，是鐵輪一生之中最後的一句話！

這很難令人明白，除非，在那間書房中，有着一個鐵輪所不認識的人在！

所以，當四個探員一說完，健一轉頭向我望來之際，我立時問道：「在書房中的是什麼人？」

四個探員各自吞了一口口水，神情變得極其詭異，探員甲道：「沒有人，書房中根本沒有人！屋子中，除了我們四個人之外，只有死者和雲子兩個人！」

我「嘿」地一聲，攤開手：「那麼，死者是在向誰問『你是誰？』」

探員乙道：「不知道，根本沒有人！」

我再一次強調：「根據你們的敘述，在沒有撞門而入之際，已經聽到過鐵輪問過一次『你是誰？』」

四個探員齊聲道：「是的！」

我轉向健一：「健一君，這好像極不合邏輯，如果鐵輪不是見到了一個陌生人，他決計不會問出這樣一句話來！」

健一苦笑了一下：「是的，邏輯上是這樣，但是整件事情，這扇反製的門、遮住窗的牆、板垣的死，根本沒有一件事是合邏輯的！」

我揮了揮手，沒有再就這件事問下去，因為我覺得問下去沒有意思，鐵輪死了，還有一個主要的關鍵人物還在，就是雲子。

有許多疑問，可以從雲子口中問出究竟來。

我問道：「雲子小姐呢？她應該可以解釋許多疑問，她在哪裏？」

健一苦笑了一下：「她很好，沒有受槍傷，我可以帶你去見她！」健一説了之後，向四個探員揮了揮手：「你們可以走了！」

我忙道：「等一等！」

四個已向外走去的探員，又停了下來。

我問道：「在鐵輪死了之後，你們對雲子採取了什麼樣的行動？」

探員甲道：「我先來到雲子小姐的面前：『雲子小姐，你被捕了！』然後，我又指着死者問：『這是什麼人？你們到這裏來幹什麼？』」

我問道：「雲子怎麼回答？」

探員甲聳了聳肩，道：「她的回答，怪到了極點。」

我有點不耐煩，追問道：「怪到了什麼程度？」

「雲子說：『不是我，是她！是另外一個女人！』」

探員甲轉述了雲子的話，他說得很慢。其實他不必說得這樣慢，他就算說得快一點，我也一樣可以聽得清楚，因為那並不是什麼艱深晦澀的話。

可是這時，我雖然聽清楚了每一個字，以我的理解能力而言，我卻實實在在不知道這樣的一句話是什麼意思，表示了什麼！

我向健一望去，健一仍然是那樣無可奈何、苦澀，看來他也不明白雲子這樣說是什麼意思？

我道：「讓我去見雲子！」

健一點了點頭。

一條長而窄的白色走廊，走廊的兩旁，全是一扇扇的門。門、牆、天花板、地板，一切全是白色，加上並不明亮的燈光，這樣一條白色的走廊，真令人感到極度不舒服。

當我和健一，還有一個穿着白色長袍的人跟在後面，走進這條走廊之際，這種不舒服，像是身上有無數的蟻在嚙咬着。

加深了這種不舒服感覺的因素是，在長走廊兩旁的房間中，每一間都有一些極其古怪的聲音傳出來，有的是雜亂無章的「拍拍」聲，有的是固定的「砰砰」聲，像是有人不斷地在重複着同一個動作所發出來的聲音。這種聲音聽來還只不過是沉悶而已，最令人有毛骨悚然之感的是，有幾間房間中，不斷地傳來一種十分可怕的呼叫聲、喃喃聲、笑聲和號哭聲。

這是一家精神病院的病房。

當健一說帶我去見雲子，而結果車子駛進了一家精神病院的大門之際，我已經知道不妙了！

而如今，走在這樣的一條走廊上，我好幾次問：「雲子究竟怎麼了？」健一都不回答。一直等我和健一，以及那個穿白袍的精神病醫生，來到了走廊的盡頭處，那醫生打開了門上的一個小窗，窗上也有鐵枝圍着。他打開窗子之後，側了側身子，健一向我作了一個手勢，我踏前一步，湊到小窗口，向內看去，我看到了雲子。

在我參與整件事情之後，我早已知道了有大良雲子其人，但直到這時，我才第一次看到她。

雲子很美麗，雖然她的臉色極度蒼白，但仍然相當美麗。房間中的陳設極簡單，她坐在牀沿，神情木然，口中喃喃地在說着什麼。她尖削的下頦看來相當稚氣。

雲子發出的聲音很低，我要集中精神才能聽得出她是不斷地在說：「那不是我，是我，是另外一個女人！」

我呆了一呆，回頭向健一望了一眼，健一苦笑道：「一直是這一句話。」

我再轉過頭去看雲子，雲子忽然現出一種極驚怖的神情來，她也看到了自門上的小窗子向內張望我，驚怖的神情，自然是因為發現了我而來的。

我被她那種神情嚇了一跳，她忽然又笑了起來。

她一面笑，一面伸手向我指來，她笑得十分輕鬆，像小孩子看到了可口的糖果。

我被她的樣子弄得莫名其妙，健一在我身後道：「她快要說另一句話了！」

健一的話才一出口，雲子已一面笑着，一面道：「你不是她！你不是她！你不是她！」

她一連說了三遍，高興地笑了起來，然後，神情又變得緊張，四面看看，像是在提防什麼，然後，不再向我看來，低下頭：「不是我，是另一個女人！」

我後退了一步，向醫生望去，醫生搖了搖頭，作了一個無可奈何的手勢。

健一道：「我接到報告趕到現場，她就是這個樣子，醫生說她的腦部因為刺激過度，根本已不能思想了！」

我問道：「你沒有問過她什麼？」

健一有點光火：「我想問她一百萬條問題，可是她不肯回答，老是說『那不是我，是另一個女人！』我有什麼辦法！」

我再轉問醫生：「這樣情形的病人，有沒有痊癒的希望？」

醫生道：「理論上來說，任何受突然刺激而成的精神病，都會痊癒，但是需要時間！」

我來回踱了幾步：「請將門打開，我進去和她談談！」

健一作了一個嘲弄的神情，顯然，他已經作過這樣的努力而沒有結果。醫生倒沒有表示什麼，取出鑰匙來，打開了門，我示意健一別進來，我為了避免雲子受驚，所以慢慢推開門。在我還沒有完全推開門之前，我忽然想起了一件事來，轉頭，低聲對健一道：「奈可呢？」

健一悶哼一聲：「那傢伙！」

我對健一的這種態度很不以為然，事實上，雲子受了過度的刺激，召奈可來，比叫我來更有用！我道：「去叫奈可來，他是雲子唯一的親人，雲子見了他，或者會想起有什麼要說的話！」

健一點了點頭：「好，我要繼續去查死者的身分，我會叫奈可到這裏來的！」

我吸了一口氣，推開門，走了進去。雲子看到了我，倒並沒有什麼特別駭異的情形，只是自然而然地站了起來，望着我，直到我向她做了一個「請坐」的手勢，她才又坐了下來。

這是一般日本女性常有的禮貌。由此可知，她雖然神智不清，可是素常所受的訓練，卻也不是全忘記了，這使我充滿了信心。由於房間中除了牀之外，並沒有其他可供坐的東西，所以我也在牀沿坐了下來，坐在她的身邊。

雲子側着頭，用一種十分好奇的眼光望着我，我盡量使自己的聲音聽來柔和：「雲子小姐，我已經知道了你很多事！」

雲子居然立時開口說話了，可是，她說的還是那一句話：「不是我，是另一個女人！」

我笑道：「當然不是你！」

雲子怔了一怔，陡然之間，大是高興，叫了一聲日本女性常用的表示高興的「好呀」，道：「不是我！」

我心中大是興奮，使得自己的聲音再誠懇些：「不是你，可是，那另一個女人是誰呢？」

我根本不明白雲子口中「不是我，是另一個女人」意思是什麼，只是感到她不斷這樣說，目的像是想否定什麼而沒有人肯相信她，所以我才「投其所好」這樣子問她的，也沒有想得到什麼滿意的回答。

可是雲子一聽我這樣問，卻有異常的反應。

她先是陡地一怔，像是正在想什麼，接着，她現出極其茫然的神情來，聲音苦澀，倒是回答了我的問題，可是只有一個瘋子，才會說出這樣的話來。

她說道：「另一個女人？是我！」

要不是我明知雲子已經神經失常，我一聽得她這樣講，早起身就走，不會再和她談下去了！

聽她說的話，簡直不是人話！

雲子先說：「不是我，是另一個女人！」

雲子又說：「另一個女人，是我！」

天下再沒有比這兩句話更矛盾荒誕的了，我只好苦笑，望了她片刻：「你還記得板垣一郎？」

雲子側着頭，一副茫然的神情。

我又問道：「你記得你自己是什麼人？你是一個歌星，是一個很美麗動人的女孩子，你來自靜崗，你獨自在東京生活——」

我就我所知，盡可能提示着她，希望她至少能記起自己是什麼人。可是雲子對我的話，只是搖頭，一點反應都沒有！

大約四十分鐘後，奈可來了！

這時候，我早已在十分鐘前，放棄了和雲子的對話，只是我望着她，她望着我，一起坐在牀沿上。奈可推門進來，一看到了雲子，便發出了一下低呼聲，急步來到了雲子的身前。

雲子看到了奈可，也陡地震動一下，突然站起，向奈可撲了過去，抱住了奈可，叫了起來：「不是我！是另一個女人！」

奈可一手撫着她的頭，一手拍着她的背：「什麼另一個女人？板垣這傢伙，又有了另一個女人？」

雲子卻不理會奈可在説什麼：「那另一個女人，就是我！」

奈可怔了一怔，向我望了過來：「雲子她怎麼了？這是什麼話？」

我苦笑了一下：「她神經失常了！」接着，我將警方發現雲子的經過，約略地講了一遍。

雲子一直抱着奈可，奈可聽完之後，輕輕推開了她，扶着她坐下來，托起了雲子的下頦。在這樣的一個江湖小混混的臉上，居然充滿了極其真摯的關切：「雲子，別急，慢慢來，事情不會一直壞下去，一定會變好的！」

奈可的這兩句話，真是出自肺腑，看來他對雲子的感情，絕不是偽裝的，真和兄妹一樣，這使我對奈可尊重了許多。

雲子聽了奈可的話，像是她早已聽熟了這句話，呆了一呆之後，緩緩地歎了一口氣。奈可向我望來：「和雲子在一起，被警察謀殺了的是什麼人？」

奈可這樣身分的人，必然對任何警務人員都沒有好感，所以他才會自然而然用了「謀殺」這樣的字眼，我道：「不明身分，健一君在查，死者先開槍！」

奈可「哼」地一聲：「警察殺了人，一定說是人家先向他攻擊！有什麼法子，誰叫警察有合法殺人的權力，哼！」

我沒有理會奈可的不滿，正想要奈可向雲子發一些問題，看看雲子是不是會有反應之際，一個探員陡然推開門，氣咻咻地道：「衛先生，查明死者的身分了，請你立即跟我來，健一君在等你！」

雲子已經瘋了，不能回答什麼問題，雖然死人更不能回答什麼問題，但查明了那個神秘死者的身分，這畢竟是一件十分重要的事，所以我向奈可道：「你在這裏陪雲子，我會和你聯絡！」

我說完了這句話，就匆匆跟着那探員離去。

探員將車子駕得極快，而且響起了警號，所以接連闖過了幾個紅燈，直駛向一個幽靜的高級住宅區。

一路上，探員還解釋如何查明死者身分的經過。他說：「我們將死者的相片，廣泛印發，又在電視上播出來，有人看到了打電話來，說死者名字叫鐵輪，住在一個高尚住宅區中的一幢獨立的、日本式的房子中，打電話來的人是死者的鄰居，我們立即派人到那屋子中去，健一君也去，一到，就找到了一些東西，而且發現了這個鐵輪的一些重大的秘密！」

我忙問道：「什麼重大的秘密？」

探員道：「這個鐵輪，是一個職業殺手！」

我沒好氣道：「這一點，早已知道了，何必還要找到了他的住所才發現？」

探員忙道：「不，不，我的意思是，他是一個職業殺手，世界上，有好幾件重大的謀殺案，一直懸而未決，全是他幹的！好傢伙，這樣的一個殺手，居然匿居在東京！」

我笑道：「那有什麼稀奇，東京，比職業殺手更驚人的罪犯，多的是！」

探員連連點頭，表示同意，車子這時已駛進了一條相當寬的巷子。平時，這種高尚住宅區的巷子，十分幽靜，但這時，卻塞滿了各種各樣的車子。其中，大部分是警車，也有幾輛房車，我一眼就看出來，至少有三輛房車上，是有着國際警方高級人員所用的車子的特殊秘密徽號。

這種秘密徽號，只有極高級的國際警方人員，才有資格使用，由此可知，這個職業殺人犯，真曾幹過許多駭人的謀殺案。

車子無法駛過去，我只好下車，側着身子，在車子中走過去，一到門口，已看到花園中已張起了探射燈。

整幢屋子，燈火通明，人影幢幢，熱鬧非凡。

我還沒有走進屋子，就聽到了健一的聲音，他的聲音聽來極激動，正在叫道：「我不同意，絕不同意！」

我走進去，看到在一個傳統的日本式廳堂之中，有着不少人，但是所有的人，都絲毫沒有傳統的日本尊重禮貌的作風。我才一進去，就看到健一漲紅着臉，向着一個人在揮動着拳頭。那人年紀相當大，大聲斥道：「健一君，你失態了！」

健一喘着氣，縮回了拳頭來：「對不起，可是我還是絕不同意！」

他說到這裏，看到了我上立時又叫了起來：「衛斯理君一定支持我！」

我不知道他們在爭執什麼，因為每一個人看來全很激動，剛才險些被健一擊中的那個神情莊嚴的老人，我認得出他是東京警察廳的高級負責人。另外有六七個西方人，我全認識，是國際警方的高級人員，其中，還有兩個穿着軍服，看來是將軍一級的軍人。整個廳堂中，像是在舉行軍、警高級人員聯席會議，但是氣氛卻十分差，人人都臉紅耳赤，各人在爭着講話。

我走到眾人之中，高舉雙手，大喝了一聲：「各位都請靜一靜！」

在我大喝一聲之後，廳堂陡地靜了下來。

可是同時，也有好幾個人，向我怒目而視，當然是因為他們不知道我是何方神聖之故，向我怒目而視的全是日本軍方、警方的高級人員。幸而，國際警方的幾個高級人員，本來並沒有注意我，在我大叫一聲之後，就紛紛向我打招呼，使那幾個對我怒目而視的人，知道我一定有來頭，不是泛泛之輩。

健一轉過頭來，看到了我，像是看到了救星，立即叫出了一大串話來，從他叫出來的話中，我也明白了這裏為什麼聚集了那麼多軍警要人，和他們在爭執些什麼。

健一大聲叫道：「衛君，你來得正好，你來評評這個道理。板垣一案，一直是由我在負責處理的，現在找到了射殺板垣的兇手，由於這個兇手的身分特殊，曾做過不少的大案子，軍方和國際警方，竟然都要來插手，我們還怎麼辦案？」

健一的話才出口，一個國際警方的高級人員便道：「這個兇手，是國際警方十餘件懸案的關鍵人物！」

另一個穿着軍服的將官也嚷着道：「不行，軍方要追究這個人！」

健一用力揮着手：「不行！不行！」

我吸了一口氣：「各位，我知道各位在爭執什麼了，我想，這個兇手的身分雖然特殊，但是他是由於板垣一案才被揭發出來的，應該由健一君繼續調查下去——」

我才講到這裏，一片反對聲已經傳了過來，我作了一個「請稍安毋躁」的手勢，大聲向幾個國際警方高級人員道：「我保證健一君將他的調查所得的所有資料，毫無保留地移送給國際警方！」

那幾個首腦互望着，低聲商量了一下，一起點頭，表示同意我這個辦法。

我再向日本軍方的一個高級人員道：「軍方也可以得到同樣的資料，這樣，只有使調查工作更容易進行！」

軍方的幾個高級人員商量了一下，似乎也沒有別的意見，我看問題已差不多解決了，就道：「那麼，請大家離去，以免阻礙調查工作的進行！」

一個日本警方的人員，年紀不大，看來職位相當高，多半是健一的上司，瞪着我，一副不服氣的樣子：「請問，你以什麼身分說話？」

我笑了笑：「以我個人的身分！我個人的身分，能使國際警方完全聽我的話，也能使日本警方如果少了我，就什麼也查不出來！」

那警官還待說什麼，健一已道：「是的，少了衛君，我們將一無所得！」他講了這一句之後，頓了一頓，又加強語氣地道：「而且，我也立即辭職！」

健一的口氣如此堅決，令得那警官張了張口，卻沒有發出聲音來。我和健一開始堅決而有禮貌地請眾人離去，這項工作頗不易為，至少花了半小時之久，然後，屋子中只剩下我、健一和受健一指揮的若干探員。

我們開始搜索鐵輪的屋子。

在發現了鐵輪的住址之後，所以會引起這樣的轟動，是因為健一找到了一本記事簿之故。在那本記事簿中，簡單而扼要地記錄了鐵輪在他從事職業殺手的六年之中所幹的案件。

由於所記錄的案件實在太驚人，健一沉不住氣，立時報告了他的上司。消息就是從他上司那裏傳出去的。

在屋子裏靜下來之後，健一先給我看那本記事簿。

記事簿中記載着的案件，的確駭人聽聞，包括收了多少錢，在什麼時候，什麼地點，殺了什麼人。可是鐵輪的「職業道德」好像很好，最重要的一點，是誰要託他去殺人的，卻一個字也沒有留下來。

健一問我：「你看怎麼樣？」

我道：「板垣一事沒有記着，不過你看，僱他去殺人，至少也要二十萬美金，誰會花那麼高的代價去請他殺板垣？從簿中記載着的被害人名單看來，板垣一郎只不過是一個微不足道的小角色！」

健一道：「是的，這一點很奇怪，不過我們已經找到了他的巢穴，一定可以在這裏搜尋到答案的！」他揮着手，向他的手下道：「展開搜查！」

（未完，請看〈連鎖〉續集——〈願望猴神〉）

衛斯理小說典藏版　51

連鎖

作　　者：　衛斯理（倪匡）
責任編輯：　黎倩雲　　諾信
封面設計：　李錦興
出　　版：　明窗出版社
發　　行：　明報出版社有限公司
　　　　　　香港柴灣嘉業街18號
　　　　　　明報工業中心A座15樓
電　　話：　2595 3215
傳　　眞：　2898 2646
網　　址：　https://books.mingpao.com/
電子郵箱：　mpp@mingpao.com
版　　次：　二〇二二年七月初版
I S B N：　978-988-8688-98-2
承　　印：　美雅印刷製本有限公司